済
　に
　済
　し.

不分手的理由

別れぬ理由

渡边淳一 著

乔蕾 译

青岛出版社

目录

第一章　寒月 / 001

第二章　春雪 / 020

第三章　白夜 / 049

第四章　骤雨 / 074

第五章　冷夏 / 098

第六章　暴雨 / 126

第七章　秋色 / 146

第八章　花野 / 175

第九章　夜寒 / 196

第十章　风花 / 237

第一章 寒月

转过热闹的街道,周围一下子安静了。黑暗中,一排路灯伫立于街头,只剩下一盏红绿灯,在寒冷的夜空中闪烁着红光。

速见修平向前探了探身,吩咐出租车司机在红绿灯处左转。

附近的世田谷是所谓的新兴住宅区,超市和公寓是最近几年才开始兴建的,修平所在的公寓也是三年前才建好的。

住宅区有高度限制,所以这里的公寓只有三层,修平住在二楼。公寓占地面积很大,相应的价格也很高,但是因为清静,而且距地铁站只有七分钟的路程,修平当时毫不犹豫就买下了。

车子左转之后,左前方那一栋镶着白色瓷砖的公寓便出现在眼前。

"就停在那里。"

修平吩咐司机停车,付了钱之后走出车门,抬头仰望着夜空。

公寓对面的榉树上空,一轮明月已接近圆满。

刚才收音机上说,今年冬天最大的寒流将至,月亮也因此显得越发清冷。

修平缩着脖子,看着公寓的入口,叹了口气。

每次他和其他女人幽会完回到家,内疚感便会油然而生。

要以怎样的表情面对等在家里的妻子呢?

虽然只要按了门铃,妻子就会从里面为他开门,但是像今天这样的日子,修平会自己拿钥匙开门。

以前他会说一句"我回来了",现在则多是从妻子身边无言地擦身而过。

这种时候,因为家里只有修平和妻子两个人,所以颇有些尴尬。独生女弘美在湘南那所有名的女子高中寄宿,只有周末才会回家。如果孩子在的话,可以跟孩子说说话掩饰一下,但是如果只有夫妻两个人便无法逃避了。

为了掩饰内疚,他会尽快走到里屋换衣服,然后回到客厅读晚报,打开报纸遮住自己的脸之后,他多少有种获救的感觉。

也许妻子房子早已看穿了修平的这些古怪。

这样重复了几次之后,也就自然而然地形成了固定模式。

不过房子到现在都没有直截了当地对他抱怨过。

虽然她有时会说上一句"不要太勉强自己的身体哦"或者"今天领带很鲜艳嘛"之类的话,但那绝不是在揶揄他的花心。

修平时常偷偷看着妻子的脸猜想:她究竟是察觉到了,还是完全不知道呢?

若是单看表面态度的话,完全没有已经察觉到什么的迹象。

若是已经察觉却装作若无其事的话,那她未免也太厉害了吧。

也许房子本来就很宽容,所以即使她察觉了一点点,也从不干涉修平。自结婚至今,除了带孩子的那五年时间,她一直从事自由记者的工作,也许这也是她无法紧盯丈夫的缘故之一吧。

虽说不是刻意利用这个可乘之机,修平还是从一年前开始和冈部叶子交往了。叶子比房子小六岁,现在三十二了,结了婚却还没有孩子。

修平在麦町的共济医院做整形外科主任,是在两年前医院举办健康管理讲习会时认识叶子的。叶子在赤坂某个旅馆的健康中心工作,为了对会员进行健康管理和指导,出席了那次讲习会。

从那以后,修平就经常出现在健康中心,两个人日渐亲密,一年前发生了关系。

叶子的名片上印着"饮食协调师"的字样,而她也确实身材玲珑富有朝气。听说她的丈夫在石油公司工作,不过单从她的外表来看,说她是单身也不足为怪。

健康中心的会员是一流企业的社长或者董事,叶子工作起来很干练,为人处事也很精明。

今天与叶子见面,早在三天前就决定好了。

所以修平今早出门时提前跟妻子讲了一声,说今天会晚点回家。

那时房子正站在门口,问道:"那晚饭就不回来吃了吧?"

"和厂商一起吃饭,就不回来吃了。"

因为工作关系,修平需要往来的医疗器械公司和制药公司很多,这些在妻子面前都称作厂商。

若是妻子追问是哪里的厂商,修平也已经准备好了 K 制药公司的名字,但是房子从来没有追问过。

房子本就没有这般执拗。

"路上小心。"

从身后传来的妻子的声音与平时无异,不特别冷漠,也不特别温柔。

房子在神田的一家出版社担任女性杂志的编辑,平时十点过后才出门。因此,房子可以好好地准备早餐,送修平出门,除了那些清样校改的日子,晚上六七点钟就可以回家了。也因为自由记者的工作时间比较自由,所以虽然两人都有工作,却没有造成什么不便,修平已经适应了现在的状态。

"那我走了。"

修平今早出门时,跟身后的妻子轻轻挥挥手。他平时会一声不吭地出门,今天会有这样的举动,也是因为晚上要和其他女人约会而心生内疚的缘故。

自从入了冬,医院里就忙碌起来。不用说内科,连修平所在的整形外科也多了很多因滑雪而手脚骨折,或者因风寒而腰腿疼痛复发的病人。

工作期间,修平根本无暇想起妻子和叶子,但是约定的六点钟一到,他就已经在皇宫附近那家饭店的大厅里了。

叶子是个很准时的女子,六点过五分的时候就出现了,一碰面就说:"今天最晚九点我必须回家。"

修平虽然听说过叶子的丈夫在石油公司工作,却没有再深入询问过其他情况。

叶子的家在中野,和修平家不是一个方向,平时约会,十一点钟回家就可以了。

"怎么,有要紧事吗?"

"这个……"

看到叶子有些吞吞吐吐,修平就没有再追问了。适可而止是各有家室的男女进行交往时应有的礼貌。

"要是到九点的话,八点半就必须出来了。"

依他们的惯例,碰面之后一起吃饭,然后一起去旅馆,但是如果只到九点就结束的话,就必须舍弃其中的一项了。

"肚子饿吗?"

"没关系的。"

叶子的回答已经表明她想要快点去旅馆了,于是他们径直前往涩谷那家以往经常光顾的旅馆。

原以为会因为时间紧张而匆忙,但也许是因为这样更刺激,叶子显示出前所未有的激情,就像是在用激情填补时间不足的缺憾。

身体的欲求满足了,食欲就被放在一边了。

走出旅馆和叶子分别以后,修平决定去吃饭。不管是中国料理还是寿司,只要能填饱肚子就好。虽说一个人吃饭比较冷清,但是如果到了现在才回去让妻子准备晚餐的话,也太说不过去了。

修平在道玄坂附近的寿司店吃了寿司,然后拦了一辆出租车。

亲昵了叶子柔嫩的肌肤,肚子也填得饱饱的,修平很是满足。

临近家门,修平发觉今天回来得太早了。

每次和叶子约会,总是十一点过后才回家,更不用说和厂商应酬,吃完饭还要去喝酒,有时甚至过了十二点。和妻子说会晚点回来,也是要到那个时候才回来的意思。

然而一看表,才九点钟。

在这个时间回去,而且没有喝酒,妻子不但会吃惊,没准儿还能看出他在外面找了情人。

也想过索性去什么地方喝上一杯,但是一个人实在提不起精神来,天气又这么冷。

犹豫之际,出租车已到了家门口。

虽然刚过九点,公寓附近已是万籁俱寂,管理室的小窗也挂起了窗帘。修平斜看了一眼,开始苦想借口来掩饰自己的早归。

"厂商忽然有急事。"

这个理由乍听不错,但是请客的一方因为急事取消应酬,说起来多少有点不自然。

"同行的那个同事有急事。"

要是问起他的名字甚至相貌,可能就露出破绽了。

"明早新添了手术。"

这个理由应该是最万无一失的了。

想着想着就走到了二楼。是按门铃,还是自己开门?正在犹豫的空当,他发现晚报还插在信箱里。

"妻子忘记取了吧,真是够粗心的。"他一边想着,一边开了门。屋子里一片漆黑。

修平立刻打开灯环顾了一下:屋子收拾得整整齐齐,窗帘也还是挂起来的。

"我居然比她还早啊。"

不必和妻子照面了,修平总算放下心来。就这样喝喝威士忌,看看电视,和叶子约会的事情就可以不知不觉地过去了。

修平进到里屋,脱掉西装,换上了睡衣。等他再回到沙发的时候,发现桌子上放着女儿弘美寄来的信。

信已经拆了封,他打开一看,是给妻子的生日卡片。

上面写着:"祝福妈妈永远健康,永远美丽。"旁边还写着:"这次,要带三十九根蜡烛回来。"

修平看了这个,才想起再过两天妻子就三十九岁了。

"再过一年,她也到不惑之年了。"

修平现在四十六岁,比妻子大七岁。他俩马上就都是四十开外的人了。

"日子过得可真快啊。"

他一边喝酒一边想着,忽然觉得妻子有些可怜。

妻子一直在外面做事,可以说基本上没有谈过像样的恋爱。

勉强要算的话,也只是和修平订婚的那段日子,前后也不到一年的时间。

之后就生了孩子,在外工作。虽说是因为自己喜欢而工作的,但是马上就到四十岁了,年华老去,修平不禁觉得她很可怜。

修平之所以会这样想,也是因为今晚和叶子约会了。想到自己只顾玩乐,妻子却要工作到很晚,他就感到十分歉疚。

"她要是放纵一点就好了……"

他看着生日卡片这样轻声说道,但是房子不像是会玩乐的人。

房子身材细长高挑。以中年女子的标准来看,她身材标致,相貌也过得去。两个月前两人因事在外面见面的时候,她衣袂飘然的飒爽姿态,让他产生错觉,觉得她只有三十五岁。

说起房子的不足,不在她的外表,正在于她爽朗的性格。她聪明果断,工作出色,样样都强过男人,这多少让人觉得有些缺乏情趣。

不管怎么说,就是不怎么招男人喜欢的类型。

一面漫无边际地想着妻子的事情,一面喝着威士忌,不知不觉已过了十点钟。

"是在加班吗?"

房子若是晚归,一定会提前打招呼。如果她说十点,就会十点钟到家;如果说十一点,就会十一点进门。这种太过准时的性格也让人觉得没什么意思。

就这样继续喝着酒,看着电视,时间已是十一点多了。

可能是因为在情事之后喝酒,酒劲儿很快就上来了。

刚回到家的时候,还因为妻子不在而安心,现在却生起气来。

"那我还是先睡吧。"

他一个人嘟囔着端起酒杯。这时,电话铃响了。

在冬天的夜晚,这铃声显得分外刺耳。修平摇晃着站起身拿起听筒,男人的声音冷不防地在耳边响起:

"已经到家了吗?"

"什么?"

修平下意识地反问,却只听到"啊"的一声,对方挂断了电话。

修平一时不明所以,仍侧着头,手里握着已被对方挂断了的电话。

刚才毫无疑问是男人的声音。

三十五岁,或者还要年轻一些。不知是不是因为晚上的缘故,声音含糊不清,显得偷偷摸摸的。

修平想到这里,又回味了一下刚刚挂断的电话。

"难不成刚才的电话是找妻子的?"

修平再次坐到沙发上,看了看餐具柜上的时钟,指针已指向十一点二十分。

他从已快见底的瓶子里又倒了一杯纯威士忌,一口气喝干。

一股热浪灼烧着喉咙,修平呛了一下。等他平息下来,坐在沙发上再次琢磨起刚刚的电话。

那确实是男人的声音。

他问了一声"是否已到家"就挂断了电话。

修平刚开始以为是打错的电话,若是如此,对方道一下歉就可以了。

但是打电话的人明显很狼狈,不自觉地"啊"了一声就挂断了。

这种惊慌的样子显得很不寻常。

如果不是打错了,或者不是我接的,那么就应该是打给妻子的。

"但是妻子为什么会有这样的电话?"

"已经到家了吗?"引申就是妻子和打电话的人刚见过面。见面分别之后,打来电话询问,没想到会是修平的声音,因此十分狼狈。想着做错了事,一时惊慌就挂断了电话。

修平拿起香烟,却把烟头塞进了嘴里,连忙调转过来,点上了火。

如果刚才的推测是正确的,也就是说,妻子今天晚上是和其他男人约会去了。

到了十一点半还没有回家,就是这个缘故吗?

"该不会……"

修平嘀咕着,随即摇了摇头。

完全想象不出妻子和其他男人私会的样子。当然,曾经也有过因为工作关系与其他男人接触到深夜的情况,作为女编辑这也是无可厚非的。那都是工作上的事,和恋情无关。

以前,修平曾就这个事情询问过妻子:

"编辑工作常常要晚上加班,会不会因此而产生不太正常的男女关系?"

房子愣住了,随即大怒反驳:

"在你眼中,我就是这么不检点的女人吗!"

"不是说你,我是在问其他编辑……"

"别人的事情我不知道!"

妻子做事确实光明坦荡,甚至会让人觉得太过严肃死板。如果问她去哪里或者和什么人见面,她都回答得痛痛快快,不给人以怀疑的余地。

坦白说,修平当时也曾想过妻子如果稍稍放荡一下会是什么样子。

平时总是一本正经地出门,严格守时地回家,工作上也是一丝不苟。这些本没什么不好,只不过她本就不足的女人味也随之消失了。

"要是能跟合适的男人适度交往一下,倒也没什么关系……"

大概是因为自己最近做了亏心事,他居然会这样想。

也正因为如此,刚才还在想妻子可能在外水性杨花,现在却一下子没有了真实感,甚至觉得像是在看小说上的故事。

可是妻子还没有回家,一个陌生男人打来过电话,这些都是确凿的事实。那个男人说过的话,还有惊慌的样子,都是那么不同寻常。

"难道只有丈夫被蒙在鼓里……"

修平小声嘟囔着,脑子里浮现出了妻子的肌肤。

房子虽是快四十的人了,胸部和腰肢却依然丰盈柔软,年轻的时候要黑瘦一些,现在发了点福,皮肤也因此显得更加白皙了。

这样的肌肤正和其他陌生男人的身体交叠合欢,把她曾经奉献给自己的,也给了其他男人。

这样想着,修平一下子变得急躁起来。他又倒了一杯酒,灌进了喉咙。

不可思议的是,从怀疑妻子可能在偷情的那一刻起,修平居然怀念起妻子的肌肤来。那让他亲昵惯了的、已经提不起任何兴致的身体,竟然变得新鲜可人起来。

"真是神经……"

修平骂了自己一句,赶走了刚才无聊的妄想。他看了看表,快十二点十分了。

妻子晚归的话,会在出门前事先交代的,若是来不及回家,至少也会打个电话回来。可是到现在连个电话都没有,是不是出了什么事?

修平一下子从妄想中清醒过来,担心起妻子的安危来。

是突然生病晕倒了,还是遇到了交通事故?

如果真是和刚才的男人见过面的话,那个男人应该是估算着妻子回来的时间打来电话的,也就是说妻子应该已经回来了。但是到现在都不见妻子的踪影,是不是和那个人分开之后又遇到了什么事?

这样想来,刚才那个男人的电话、妻子的红杏出墙,都变得不重要了。"不管怎么说,都希望她现在平安地回来啊!"

修平再一次看了看表,喝了杯酒。这时,门口传来了细微的声音。

他慌忙把酒杯放回桌子上,注意力都集中在门口——是钥匙转动门锁的声音。

像是妻子终于回来了。修平刚要站起身,却想到门应该是没有锁的。

妻子也像是立刻就注意到了,很快就开门进来了。

修平继续背对着门口,抽着他的烟。

刚才还一直祈祷只要她平安回来就好,现在知道她回来了,却一下子生起气来。原本是想在她进门的时候就大发雷霆的,但是在这种时候,沉默似乎更能达到震慑的效果。

修平的烟吸到一半,忽然很想看看妻子会带着什么样的表情进屋。

他把刚刚一直背对着门的身子转了转,偷偷看了看门口。这时,妻子推开客厅的门走了进来。

"啊……"房子轻声叫了一声。

她身上穿着米色的外套,脖子上的围巾已经取下来了,手里拿着工作时用的肩挎黑色皮包。

"回来比我还早啊。"

"九点钟回来的。"

"今天不是说会晚回来的吗?"

房子把皮包放到电话桌上之后脱掉了外套,里面是墨绿色的套装,和平时没有两样。非要说有什么不同的话,也就是戴了一条稍显华丽的双层珍珠项链。

"不是和厂商一起吃饭吗?"

"原先是这么约好的,但是……"

修平后悔一开始就告诉妻子是九点回来的了。原本是想要强调自己等了好久,现在却为妻子反击提供了口实。

"对方忽然来了急事,所以就只吃了饭。"

"要是这样,就应该早点跟我讲嘛……"

"可是当时也不在公司啊。"

"所以就该在出门前打个电话来呀。"

"是人家情况有变,我又没有办法!"

如果是平时,像妻子晚回来这样的事修平是不会生气的。尤其是在和情人约会回来的时候,更是降低姿态,连让妻子伺候茶水这样的事都觉得不好意思。

但是今天不同,妻子回来得很晚,又加上接到那么奇怪的电话,修平毫不掩饰地表现出了自己的不满。

房子也察觉到了这一点,一声不吭地走到卧室去换衣服了。

现在客厅里只剩下修平一个人,他又想了想妻子刚才的神态。

坦白说,妻子的表情里没有一丝惊慌失措。

但是再仔细想想,妻子在开门的时候就应该注意到修平已经回来了。从一进门看到修平的鞋子知道他回来了,到她走进客厅,有好几分钟的时间让她平复心情,做好心理准备面对丈夫。修平每次幽会回来也是这个样子。

但是不管怎么说,做了亏心事,总该有哪里显得不太自然。连出轨多次的修平都还是笨手笨脚的,不曾惯于玩乐的妻子就更不可能没有一丝破绽了。

倒是有一件事引起了修平的注意:妻子对于她自己迟归这件事,居然没有道歉。

如果是平时,她一定会坦率地说一声"对不起",但是今天却显得若无其事。

也许她暗含的意思是:你自己说要晚回来,现在不打招呼就早回来了,又怎么能怪我呢?

确实,在这一点上,修平是站不住脚的。不管怎么说,自己偷情是千真万确的,不可能因为自己早早回来了就可以发脾气逞威风。

修平一边想一边喝着酒,这时房子出来了。已经是十二点了,原以为她会换上睡衣,没想到却换上了一条青色的裙子和一件灰色的毛衣。

"我泡茶给你喝吧?"

房子朝修平看了一眼便去泡茶了。修平看着桌上的信对着妻子的背影说道:

"弘美来的……"

"这孩子真是的……"

妻子像是对弘美说的"带三十九支蜡烛回来"很不满意的样子。煤气静静燃着,水开了,发出吱吱的声音。等一切安静下来,修平问道:

"这么晚回来,是去了什么地方吗?"

"下班后去喝了几杯。"

房子依然背对着修平,在厨房前的饭桌上泡着茶。

"这么晚,我很担心你。"

"又不是小孩子,没关系的。"

房子把茶碗放到托盘上端了过来。

"是和大家一起喝酒的吗?"

"是啊,怎么了?"

房子打开电视,和修平一起坐在了沙发上。屏幕上,节目主持人正和以裸露出名的女演员说着话。房子并不怎么想要看电视的样子。修平看着她的侧脸说道:

"刚才有人打电话来。"

"是谁来的?"

"没有说名字,是一个男人,问了一句:'已经到家了吗?'"

修平偷看了妻子一眼,房子只是直盯着电视。

"我一说话,他就把电话挂断了。"

"是打错电话了吧?"

"但是他很慌张地'啊'了一声。"

"最近这种恶作剧电话似乎挺多的。"

"但是声音真的很惊慌。"

"都说了是打错的嘛,那个人肯定是个冒失鬼。"

房子微微笑着。单凭妻子这张笑脸,是怎么也怀疑不到她是从外面幽会回来的。

"我有些累了。"

"那我去铺被子吧。"

妻子的身影再度消失,走进卧室里去了。

修平始终都很讨厌睡床。还是在清爽的和式房间里铺上被褥,睡得才舒服。但是绝大多数像女儿弘美这样的年轻女孩,都是喜欢睡床的。

"现在还铺被子睡觉,太老土啦。"弘美这样取笑过。

但是在修平看来,床不仅占空间大,睡着也不舒服。

在工作中,修平接触的腰痛患者,大多是睡了弹性不好的劣质床。如果床的弹性不好,腰部就容易陷到里面,这会迫使背部在睡时也保持轻微的弯曲。这种姿势不仅加重了脊柱的负担,更有可能将腰痛转化为腰椎间盘突出。当然,如果买的是弹性优良、坚实可靠的床,就没有什么问题,但是如果长期使用,腰部仍会不可避免地形成一定的凹陷。

如果睡在铺在榻榻米上的被子里,就不必有这样的担心了。

毕竟和室里的被褥,含有日本人长期孕育出的生活智慧。

修平就是这样向患者说明的。鉴于此,在搬进现在居住的公寓时,修平没有买床。房子知道他的喜好,所以也不曾反对。

只是女儿弘美抗议说:"如果睡床,妈妈就可以轻松一些了……"

确实,如果买了床,就可以省掉早晚收拾的工夫了。早上收被子,晚上铺被子,这些都是妻子在做,所以倒也不是不能理解女儿的说法。

但是床是不透气的,像日本这样湿度高的地方,更容易滋生细菌。而且每天收铺被子不仅能保持清洁,还能用来划分日子。

"睡床的话,女人会变懒的。"

修平这样说了之后,年轻气盛的弘美立刻反驳说:

"算了,我一定要找一个喜欢睡床的人结婚!"

刚结婚的时候,修平也考虑过睡床。

虽说双人床比较浪漫,但是两个人会靠得太近,反而让人不能安心。有时候,只要一想到每天晚上都要和妻子肌肤相亲同枕而眠,他就会感到一丝厌烦。

实际上,修平的朋友当中就有结婚不到半年,就把双人床换成单人床的。

理由就是,即使是夫妻,也有偶尔吵架或者想一个人清静的时候。双人床会让彼此靠得太近,无法给人逃避的空间。

幸好,修平一开始就是铺被子睡觉的,所以从没有陷入过那样的窘境。

棉被的好处就是即使并排铺在一起,也是彼此独立的。感觉上比较接近单人床,但又不是完全隔离的。换言之,就是棉被恰如其分地兼具了双人床的亲近感和单人床的距离感。

棉被的这种优点,也正是日本暧昧文化的一种象征。

"已经铺好了。"

"嗯……"

妻子很快就把桌子上的茶碗端去洗了。

今天晚上,妻子看起来也很累的样子。

修平站起身走向卧室。

六个榻榻米大的和室里,东侧有窗,左侧靠墙排列着和式衣柜、欧式衣柜和梳妆台。平行于衣柜的是两床棉被,头朝向窗的方向。枕边的台灯亮着,整个房间显出温暖祥和的样子。

不注意看的话,卧室和平时没有两样。

但是修平钻到被子里时,却发现和妻子的被子之间有一条小小的缝隙。

去测量的话,大概有十厘米左右。修平把脚伸过去,立刻就触到了冰冷的榻榻米。

事实上,修平在这之前从没有注意过棉被之间的缝隙。偶尔分开或者偶尔重叠一部分,他都不会注意,也就那么钻进去睡了。

但是为什么偏偏今天在意了呢?

修平又探了探被子的边缘。

从上面看,被子彼此重合,所以他没有注意实际上从脚部开始的缝隙一直以同样的宽度延伸到枕边。

修平一下子把伸出去的脚缩了回来,盯着天花板思索了起来。

这个缝隙怎么也不像是偶然造成,倒像是妻子刻意拉开的。如果是出于偶然,被子会有弯曲或者重叠的部分,但是现在却是分开的,而且规规整整。

为什么偏偏今天分开了呢?

如果确实是妻子有意分开的,那么是在暗示今晚不希望他靠近吗?

刚才打电话的那个男人的声音,再次浮现在修平的脑海里。

妻子也许真的是和那个男人约会完回来的。铺被子时刻意制造出的缝隙,不正是她心里有鬼的表现吗?

想到这里,修平想起了和叶子说过的一些话。

"如果今天晚上回家以后,他向你求爱你怎么办?"情事缠绵之后,修平很露骨地问道。

"当然不可能接受了。"

"但是如果他强烈要求呢?"

"那就拒绝。"

"那样不会吵架吗?"

"可以说'累了''身体不舒服呀'什么的,借口很多的。"

"那男人就这么算了?"

"强扭的瓜不甜嘛。"

修平没有进一步追问,也没有认同叶子的说法。

有些男人会强求不情愿的女人以获得快感。多数男人虽不至于那么强求,但是往往越是被拒绝,越是执意想要得到。至少,如果修平自己站在那样的立场是绝不会轻易放弃的。

"那一个晚上不是不能得到两个男人了……"

"快住嘴,居然说这样的话……"叶子颦眉骂道。

"房子绝不可能做出那种事的。"

修平这样安慰着自己,将台灯的亮度调小,闭上了眼睛。

想要睡觉的时候,却越发精神起来。

可能是因为和叶子幽会之后又喝了威士忌,平时倒头就睡的他,偏偏今晚毫无睡意。

无奈之际,修平朝着客厅和卧室之间的拉门喊道:

"喂……"

没有回音,修平又喊了一次。这时房子回了话:

"怎么了?"

"不是累了吗?早点来睡吧。"

"好。"很简短的回答。

房间里响起来回走动的声音,这时房子又说道:

"我洗了澡再睡。"

他年轻的时候还因为强拉妻子一起洗澡的事情吵过架,现在已经完全没有了当时的气力,就连和妻子亲热的次数也减少了很多。

一个月顶多两三次。

尤其是这一年来有了叶子这个情人,和房子一个月里至多亲热一次。

不知道房子是怎么看待这件事的,她从来没有直接抱怨过。

修平只当是妻子也很忙,所以没有特别的欲求。

但如果妻子是靠其他男人满足欲望的话,性质可就不一样了。

"怎么老是想这些无聊的事情……"

修平暗骂了自己一句,打个呵欠,闭上了眼睛。

第二章　春雪

午后，雨一直在下。到傍晚的时候，渐渐下起雪来。

三月的雪没有严冬时的寒冷，总能莫名勾起人恋旧的情怀。

五点钟，速见修平从医院出来，乘电车前往新宿。

如果能在和冈部叶子约会的时候遇到雨雪天气，修平就会稍稍放下心来。因为即使两个人走在外面，只要把伞往前一倾，就能避开人们的视线。平时总是惹人厌烦的雨雪，此刻就像是掩盖私情的屏障。

但是今晚的约会与外面的天气无关。

在新宿西口的某家旅馆和叶子碰面，吃饭之后进房间，这些事情都在同一家旅馆进行，也就没有外出的必要了。

即便如此，修平还是因为下了雨而安心——毕竟与他人之妻幽会让他感到心虚。

到了约好的六点钟，修平走进旅馆入口右手边的咖啡室。不到五分钟，叶子便出现了。叶子的可爱之处，就是对时间总是拿捏得很准，交往至今都没有一次迟到超过十分钟。在健康中心工作要和不同的人约时间，准时似乎也是职业素质的体现。

"等了很久吗？"

今天的叶子，身穿香奈儿白色套装，戴着珠金项链。才刚刚三月，天气还很凉，叶子却连外套都没有穿，显得青春活泼。

到目前为止，和叶子幽会多是去情人旅店。

这种旅店的缺陷就是出入时会让人略感难堪。要说没有必要在意，倒也的确没什么大不了，但修平还没有脸皮厚到那个地步。而且这种旅店总让人觉得不干净，虽然床单和浴衣像是每天都换洗，但是棉被没什么换过的迹象。

一般的城市旅馆就会比较干净，两个人一起入住也不会觉得反感。而且它便于等待，只要拿了钥匙就能自由地出入房间。

但是城市旅馆的缺点是价格偏高。付的是一晚的房费，如果两三个小时就出来的话，相比之下还是情人旅店比较合算。而且城市旅馆也没有床透镜和情趣录像带那样的特殊设备，它和情人旅店经营的目的不同，没有那些也是理所当然的。然而有时还是会让人觉得缺少点什么，无法令人满足。

不过修平现在已经对那些花样感到厌倦了。

那种玩意儿确实能在最初给人新鲜感，不过久而久之就会腻烦甚至厌恶。与之相比，还是洁净的旅馆素朴宁静，安静详和。

叶子自然也比较喜欢普通的旅馆。

"在那里的旅馆……"她指名道姓报出某个旅馆的时候，就是想到那里开房间的意思。

在叶子时间空闲、修平手头也宽裕的时候，两人就会选择城市旅馆。

也就是说，今天晚上，他们终于可以尽情地享受二人世界了。

在咖啡室碰面之后,两人径直来到三楼的日本料理店。

叶子拥有营养师的资格,但实际上是饮食协调师。正因为她要给来健康中心的顾客们制订食谱,所以对卡路里相当熟悉。

叶子坚持认为,日本料理对中老年人的健康很有好处。她自己也偏爱日本料理。

两人在柜台坐下来,点了三月新上市的竹笋。竹笋与裙带菜合炒之后再撒上鱼干,吃起来脆脆的,很有嚼劲儿。他们还点了鲷鱼生鱼片和蛤蜊汤。

有一点很有意思,就是叶子在日本料理店绝对不会点金枪鱼生鱼片和烤鲽鱼。

"那些东西,不是在家里就能吃到嘛。"

她和丈夫都工作,所以并不缺钱花,不过在这样的事情上,她一向很精明。

在旅馆的餐费确实马虎不得,如果算计得不好,就可能比住宿费还要高。

像今晚这样,在旅馆就餐并开房的话,起码要花三万日元。

修平只把基本工资拿出来贴补家用,其他的奖金和津贴全都作为私房钱收进了自己的口袋。在妻子出去工作之后,这已经是理所当然并且心照不宣的了。

得益于此,修平每个月保证能有五六万元的零花钱,再加上其他私人医院的医生委托他执刀的酬金,每个月能有十五六万供他自由支配。

修平算是上班族中比较富有的了,而这也是得益于妻子在外做事。

吃完饭,两人理所当然地乘电梯前往客房。

钥匙是在和叶子碰面之前就从服务台那儿领来的。

幸好电梯里只有他们两个人，抵达十八层之后，他们走进了右边走廊中间的那个房间。

"好大的双人床啊！"

叶子很是惊喜，因为平时的双人床都很小。

"可真是奢侈啊，今天是怎么了？"

被叶子这样一问，修平也不知道如何回答了。非要说个所以然的话，大概是冒雪驱车赶往旅馆的途中，忽然有种感觉，觉得房子也正在什么地方跟情人约会。

自从一月末接到那通奇怪的电话以来，妻子没有任何不寻常的举动，确实应该把那理解为打错的电话。

但是，修平还是无法释怀。他一面想着根本什么事都没有，一面又会觉得自己被蒙在了鼓里。

"今天晚上可以好好享受一番了吧？"

"十一点就得回去了……"

如果十一点从旅馆出去，叶子大概十一点半左右到家吧。

叶子晚归的时候，她的丈夫在做着什么呢？虽说是别人的家事，修平还是会时常感到不安。

据叶子说，他是个循规蹈矩的男人。是在加班，还是出差了不在家？要不就是一直深信自己的妻子在为工作而忙？

一直到现在，修平也没有追问过叶子家里的事情。

有几次他也想开口的。若真的问了，两人之间保持的那种微妙的平衡也许就会被破坏。还是不要追问，于朦胧中想象，才能相安无事。

"夜景真是美啊！"

正在倚窗俯瞰的叶子，匀称窈窕，一时间竟像是画中女子般动人。她个子再高一些是可以做模特的，不过她身上洋溢着一种更为健康的美。

醉心于叶子的美态，修平陶陶然走过去，将手搭在叶子的肩膀上。叶子等待已久似的慢慢地回过头，顺势把脸埋进了修平的怀里。

叶子比妻子略矮，修平抱起来更为顺手。本想就这样轻轻地吻着，然后带到床上。

"等一下……"

叶子挣脱修平的怀抱，关了灯，自己脱起衣服来。

修平只要在床上等待，她就会自己迎上来了。

这方面的干脆爽快也是叶子的优点之一。

"我把灯稍微打开一点喽。"

修平让床头灯发出微弱的光，然后将叶子紧紧抱在怀里。

叶子的体态比想象中还要丰盈。从外面看不出来，其实臀部和胸部都丰满得恰到好处。

向叶子求欢，修平会吻遍她的全身，然后在她难耐地呻吟着请求时，才慢慢地进入主题。这样的行为本身虽然是在主导，但实际上的感觉却更像是在为她效劳。

与之相比，和房子则比较简单。没有委婉曲折，一本正经地开始，一本正经地结束。总而言之，和妻子在一起就像是穿着礼服，正式而且拘谨；和叶子在一起则拥有穿着便服的轻松，甚至可以说是放荡。

在情人旅店，那些花哨的装饰和周边环绕的镜子，在欢爱之后仍会残留猥亵暧昧的气息。而在整洁的旅馆里，结束之后依然保持着洁净安稳的气氛。

叶子正慵懒地卧在床上,含情脉脉地看着修平。

"在想什么呢?"

"嗯……"

叶子轻轻地摇了摇头。

修平想起今早出门时,妻子说的那句:"不回来吃晚饭了吧?"

这样说来,以前妻子一定会问:"今晚有什么事吗?"最近却没怎么问过,今早更是默不作声。

"刚才舒服吗?"为了甩开妻子的事情,修平这样问道。

可能是问得太直接了,叶子没有出声,只是在他怀里轻轻点了点头。

"今晚回去之后,他向你求爱怎么办?"

"……"

"拒绝?"

"我们在家里已经很久没有那种关系了。"

修平欠了欠上身,就着淡淡的灯光看着叶子的前胸。虽然已年过三十,她的肌肤还是那么光滑细腻,胸部也依然圆润紧致。面对这样美的身体,会有不为所动的丈夫吗?

修平用食指揉搓着她的乳头,说道:

"你在外面有人,他没察觉吗?"

"我不知道呀。"

"但是总会有点感觉吧?"

"可能吧。"

"那也不在乎吗?"

"可能是不感兴趣吧。"

"说得好像不关你的事似的。"

叶子扑哧一声笑了。门外隐约传来了说话声,声音渐行渐远直至消失,像是两三个男客走过了房间前面的走廊。

"我明白了,他是被你迷住了。"

现在问的是叶子丈夫的事情,本应该清清楚楚地称之为"你先生"或者"你丈夫",但是不知为何修平总说不出口。

"因为迷恋着你,所以才这样容忍的吧。"

"可能是吧。"

叶子竟然轻轻点了点头,这让修平心里生出了一丝妒忌。

"要是我可没有办法容忍。"

"我也是这么想的,因为你很爱你的太太。"

"不是这么回事,看着妻子红杏出墙而坐视不管是男人的一种耻辱。"

"女人也不喜欢放任男人在外风流啊!"

听起来确实挺有道理的,但是修平总觉得两者还是有些不同。

"你的他还真是伟大啊!"

"伟不伟大我不知道,不过确实挺温柔的。"

"在显摆你们俩的事啊?"

"那倒不是,温柔也有温柔的烦恼。"

叶子的丈夫像是个老实人,可能家里事情都是叶子一个人做主的。

"但是也不想跟他分开吧?"

"要是分开了,你会和我在一起吗?"

冷不防被叶子这样问,修平一下子不知道如何回答了。这时,叶子轻轻地笑了:

"算啦,我不过是你的玩伴罢了。"

"不是的,我只是没想到你是认真的……"

"我只要能从你身上得到作为女人的乐趣就满足了。"

修平听了这话觉得有些不好意思,但是并没有生气。

"你还很年轻呢,还会遇到更好的男人的。"

"我呀,可能是有点恋父情结。"

叶子说得这么坦白,修平又不知如何接口了。

"要是能和年纪再大一些的在一起就好了……"

"但是,他还在默默地等着你啊。"

"没关系,他也有他自己的乐子。"

"有确凿的证据吗?"

"男人嘛,根本就不是撒谎的料。他本想蒙混过去呢,其实一眼就能看得出来。你太太肯定也知道我们的事情。"

一下子把话题转到妻子身上,修平立刻把放在叶子胸前的手拿开了。

"怎么不说话?"

"没什么……"

"你太太很聪明,即使知道了也装作不知道的样子。"

"她知道了吗……"

"如果外面有了女人,男人会变得很注意自己的穿着打扮,还常会找些借口,或者忽然变得很温柔什么的,反正会有很多不对劲儿的地方。"

这样说来,确实每一条都有迹可循。

"也就是说,你家那位也是这样的?"

"我家那位脸皮还没这么厚呢,不过听过别人的故事,觉得好有意思哦!"

叶子声音明快地说,已经没有了刚刚情事的余韵。

"我的朋友中也有人在背着丈夫跟别的男人交往,但是她们的丈夫都完全没有察觉。"

"这样的人很多吗?"

"还不少呢,而且这类人往往自然而然就亲近起来了。"

"是为了交换情报吗?"

"更重要的是,外出的时候如果说是跟谁家的太太一起的话,丈夫不就放心了嘛。"

"挡箭牌啊!"

在外风流的丈夫们都是单打独斗一个人绞尽脑汁掩饰,妻子们却是利用集体智慧,形成了统一战线。

"我有个朋友,每个月都要去趟名古屋呢。"

"特意从东京赶过去?"

"她的情人在大阪,名古屋不是在中间嘛。他们虽然每个月只能见上一面,但是听说非常浪漫。"

"那个人的丈夫也不知道吗?"

"说是去朋友那里玩,就没关系啦。"

"可是如果想认真地查一查,不是马上就知道了?"

"男人不太会做这样的事呀,都觉得自己家太太没问题的。再说,男人的自尊心也不允许他们跟踪已经结婚多年的妻子。"

这倒是真的,虽然修平现在也在怀疑妻子的忠贞,却还没想过马上去托人调查。

"难道真的只有丈夫被蒙在鼓里吗……"

修平再一次想到了妻子。房子有工作,所以不必特意用女友做借口。如果说今天要出差,那不用说名古屋,就是福冈札幌这样的地方,也是想去就可以去的,现在也是大概一个月去一次大阪。如果在外过夜,房子都会告知修平旅馆的名字,所以修平一直都很放心,不过确实也不能就此断定她没有婚外情。

"那你也可以离开东京,出去旅游吗?"

"你是说带我去吗?"叶子把脸扬了起来,继续说道,"一个晚上的话没有问题,不过不能急,得给我一点准备的时间。"

"六月我在札幌有个学会。"

"要是学会,那就难办了吧?"

"不会的,没什么难办的。"

修平和同院的医师以及大学时的同学一起出发去参加这次的学会,不过会议结束的最后一晚,就可以跟大家分开自由行动了。

"如果去,你要找个什么理由?"

"这个总能想得到的。"

叶子淘气地笑了笑。在参加医院的宣讲会的时候,叶子是一副严肃又认真的职业女性形象,但骨子里,她也天性好玩。年轻男子确实很可能被这样的女人玩弄于股掌之中。

两人起床时已经是十一点半了。刚进房间的时候,外面的电视塔还是灯火通明,现在却只剩几处阑珊的光亮了,高速公路上的汽车也减了大半。

"哎,下次要不要去跳舞?"

叶子一边穿衣服,一边发问。

"在新宿,有个很不错的地方哦!"

"迪斯科可不行啊。"

"不是啦,那地方虽然是舞厅,但是去的人多是些正派的中年情侣,气氛很不错哦。"

修平还是学生的时候,倒是流行过交谊舞,现在早就已经过时了,所以一说起跳舞,修平只当是迪斯科。

"就是说,都是夫妻结伴同行去哪里吗?"

"有是有,不过还是以情侣居多吧。同性朋友去也可以的。"

"这么说,你也在那里跟陌生男人一起跳过舞吧?"

"朋友带我去的,被人邀请也是没办法的事呀。"

"真是危险啊……"

叶子身材标致,再加上运动神经发达,跳舞自然也不在话下,这无疑会让她成为众人关注的焦点。修平光是听了这些话,就已经感到有些妒忌了。

"没关系啦,大家都是喜欢跳舞才来的。再说,跳舞也是适当的运动嘛。"

"不过其中也不乏好色的男人吧?"

"这个,有的。"

"从什么时候开始出入那种地方的?"

"大概半年前吧,不过只去过两次哦。"

"已经够多了。那里关系暧昧的男女很多吧?"

"你这么担心的话,那我们一起去好了。那里各式各样的人都有。"

"各式各样的?"

"从年轻活泼的孩子到漂亮洒脱的妇人,什么样的人都有,不过还是我这样欧巴桑级别的人多一些。"

叶子虽然已经年逾三十,但绝不会给人欧巴桑的印象。

"那里的男人又是什么样子的?"

"都是很正派的上班族,气氛不会很低俗的。"

"这么说,到那儿去的男人都是下班之后直接赶过去的吗?"

"是的,听说其中还有在皮包里装着舞鞋的呢。"

修平原以为中年白领下了班之后多会聚到酒吧或者麻将馆,没想到还有人喜欢去舞厅。

"丈夫下班之后到那种地方去,妻子们都不知道吧。"

"反过来说,丈夫们也不知道妻子们的去处吧。"

被叶子这么一说,修平也觉得确如此理。

"是大家都不愿意回家吗?"

"可能是因为那种地方可以发泄工作上的不满吧。"

"不过,那种地方总是让人觉得很淫靡。"

"感觉你在吃醋啊。"

叶子和修平即使不去舞厅也能各自找到情人,在这一点上,他们是有着一定优越感的,所以倒也不是对那种地方没有兴趣。

"如果在那种地方碰到熟人就不好了。"

修平一时间想到了妻子在舞厅的样子,但是他无论如何也想象不出妻子会真的出现在那里。

"好了,我们走吧。"

修平话一出口便觉得心头一紧。如果是在情人旅馆,只需把钥匙交还服务台,然后结账离开就可以了,但是在城市旅馆订了房间,却在两三个小时之后就离开,实在令人尴尬。大多数来城市旅馆的客人都是要过夜的,这样中途就离开的话,很自然就让人想到是来一度春宵。如果带了大的旅行包的话倒还可以假装成旅客,这样空手来去,开房间的意图是再明白不过的。

今天修平从医院出来的时候,除了公文包,还带了一个纸袋子,里面装的是主任室里的书。本想着什么时候把它带回家的,利用今天这个机会正好也可以撑撑场面,让行李看起来多一些。

地下恋情总是少不了这样的劳心劳神。

十一点过后,旅馆的前厅显得格外的冷清。偌大的服务台前,两个服务生无所事事地站在一旁。

修平走到右手边的结账处,交出了钥匙。

"您要退房了吗?"戴着一副无框眼镜的服务生问道。

"忽然有点急事,麻烦你帮我结账吧。"

"好的。"

只要付了钱,旅馆不会在意你是要在这里留宿过夜,还是为了春宵一度。修平也明白这个道理,却还是忐忑不安。

修平拿过账单付过钱之后,服务生彬彬有礼地鞠躬说道:

"谢谢您的光临。"

修平抓过账单,匆匆走到出租车停靠站。叶子也已等在那里。

"下次我们一起去北海道。"

"嗯,知道了。"

叶子点了点头,钻进了停在一边的出租车。

"晚安啦。"

透过半开的车窗,叶子的笑容清晰可见,但随即隐没在旅馆前方的那一片黑暗之中。

出租车快要到家的时候,修平照例把手摆在了胸前。

并没有特意调整领带的必要,只不过这样可以顺便想想自己的穿着有没有什么不妥。洗澡出来之后,内衣穿得整齐干净;衬衫上应该也没有留下口红的印记。没有任何迹象可以显示他是与叶子幽会之后回来的。

确定无疑之后,修平下了出租车。看了看手表,已经十一点半了。

已经相当晚了,不过他至少还没有沦为后半夜回家的人。修平装作醉酒的样子摇摇晃晃地走到家门前,没有按门铃,自己拿出钥匙开了门。

拿钥匙开门,摆出一副不开心的模样走进屋里,连句"我回来了"都不说,这是修平和叶子幽会之后回家的惯用伎俩。今天他在客厅故伎重演时,却看到放春假归来的弘美正背对着他看电视。

"喂……"

"啊,爸爸……"

冷不防被修平这么一叫,弘美像受惊的小鸟般从沙发上跳了起来。

"这是怎么了?"

"还不是因为你突然走进来。"

"妈妈呢?"

"出去了啊。"

一听说妻子不在,修平总算放下心来,随手松了松领带。

"去哪里了?"

"因公事出去了吧,刚刚打电话说会晚点回来。"弘美把脸转向电视,不耐烦地回答。

修平走进里屋,脱掉西装换上了睡衣。

他今早出门说不回家吃饭的时候,妻子只是点了点头,就再也没有过问什么了。

需要深夜回家的时候,修平会说明理由,比如"和某人一起吃饭"或者"和某人会面"。如果只说了"不回家吃饭",那暗含的意思就是不会回家太晚。

和妻子并没有对此清晰明确地界定过,这不过是多年相处自然产生的默契。

"妈妈什么都没有说吗?"修平回到客厅问道。

"没有……"弘美不耐烦地回答说。

"去泡杯茶来。"修平拿起了桌上的报纸。

"爸爸,你今天没有喝酒嘛。"弘美站起身来说。

"当然没有,怎么了?"

"可是妈妈说你今天会很晚回来。"

"妈妈这样说的啊……"

弘美点了点头便去烧水了。注视着女儿纤细的背影,修平不解地想:

明明只说了不回家吃饭,她却以为是很晚回家,这到底是怎么回事?

她不会是听错了吧?这难不成是对我的讽刺?

修平想起两个月前那个陌生男人打来的电话。

那次,也是修平和叶子幽会之后很晚回家,而妻子也很迟才回家。

"到底是怎么一回事……"修平不禁小声嘟哝道。

正在这个时候,电话铃响了起来。

难不成又是那个男人?修平不安地回过头,却见弘美一边看着他,一边接起电话。

"嗯,是的。您有什么事?"弘美说话的样子很是恭敬客气,看来不是男人来的电话。

几句话之后,弘美用手捂着听筒对修平说道:

"你认识一位叫佐藤的小姐吗?"

"佐藤……"

"说是爸爸的病人,像是有什么事情要问你。"

名叫佐藤的人很多,也许自己的病人中真有这么一位佐藤小姐。但是三更半夜打电话到家里来,是为了什么呢?

修平疑惑地接过听筒,耳边立刻响起了一个女人的声音。

"是我,叶子。用了假名不好意思啦,今晚跟你联系是因为我有一样东西落在旅馆的房间里了。"

"落了东西……"

说到这里,修平慌张地看了看弘美。

住在公寓里的不便之处,就是打电话会被家人听到。如果独门独院,可以躲在房门旁边或者客厅一角;如果电话线拉长一点的话,在走廊里讲话都没有问题。但是在公寓就没有合适的避难所了,更何况,今天晚上是弘美接的电话,知道对方是个女人,这就让他更难讲话了。

"喂喂……"

修平把听筒重新靠近耳边,换了个口气说话。

"忘了什么东西?"

"刚才接电话的,是你女儿?"

"是啊。"

"你妻子也在吗?"

"不,不在。"

忽然,耳边传来叶子窃笑的声音。

"女儿在你身边,所以不方便说话吧?"

叶子说着完全不相干的话,这让修平很是恼火。

"没那回事,你到底有什么事?"

"我把手表落在旅馆房间里了。"

"手表……"

不小心说漏了嘴,修平赶忙转过头看了一眼弘美,她正背对着自己看电视,看样子并不关心这边的电话,不过电视的音量很小,如果她当真想听,也是听得到的。

"我想可能放在床头柜上,你有没有注意到?"

这么一说,修平似乎也有些印象,不过并不确定。

"虽然不是什么贵重的东西,但那是妈妈留给我的遗物……"

"这是挺伤脑筋的。"

"能不能麻烦你问一下那个旅馆,他们应该会帮忙保管一下吧。"

保管应该是会保管的,不过房间登记的是修平的名字,去问里面有没有女式手表是很难为情的。

"其实这电话我也可以自己打的,但是这样会不会太奇怪?"

确实还是修平来问比较合适。

"这我知道,有什么特征?"

"是欧米茄的,表带是咖啡色的。"

"知道了。"

"那你问好了打电话给我吧。"

"今天晚上吗?"

"我是没关系的,会一直都在。"

修平点点头,刚想挂掉电话,听到叶子悄声说道:

"我不像你们那么美满,所以你不必担心。"

"……"

放下听筒,修平长长地舒了一口气。

叶子怎么会把手表落在旅馆里呢?

修平听说,有些女人会故意把戒指或者耳环落下,被佣人或者亲人发现之后,逼得男人惊慌失措吵闹一番。其实这是女人对男人心存好感或者妒火中烧时的小伎俩,为的就是给男人添点麻烦,突出自己的存在。也有人这样做是为了给自己再到男友家创造个借口。实际上,修平在单身的时候就遭遇过第一种情况,自己着实慌乱过一次。

不过,这次是落在了旅馆房间里,没有任何人在场,所以应该是有所不同的。

是叶子着急回家的无心之过,还是她的恶作剧呢?

"如果这也疑心的话,真有些说不过去了。"修平这样劝诫自己。

不过跟旅馆确定这件事是相当麻烦的。首先就是怎么打电话的问题。弘美就在身边,总不能当着她的面询问旅馆有没有女式手表吧?再说妻子也快要回来了。

但是叶子又在等回音,也不能磨磨蹭蹭的。

修平呆立在电话前思量着办法,弘美见状问道:

"爸爸,怎么了?"

"没什么……"

修平含糊应道,随即又改了口。

"我出去一下。"

"这么晚了,要到哪里去?"

"是为了病人的事,马上就回来。"

既然如此，只能去外面打公用电话了，这样也可以安心地给叶子回电话。

"刚才那个人真的是爸爸的病人吗？"

"当然……真的是。"

修平穿上刚刚脱下来的裤子，在敞领衬衫上又添了一件夹克，回到客厅时，看到弘美正抱臂而立。

"不要先叫出租车吗？"

"在路边拦一辆就可以了。"

"外面正下着雨呢。"

不知是不是心理作用，修平感觉女儿说话的口气跟妻子很是相似。

"跟妈妈说我会很快回来的。"

"好吧。"

弘美还是一副不解的样子，修平已拿着雨伞走了出去。傍晚，下了好一阵子雪，现在又下起雨来。

公寓的前厅就有一部公用电话，不过在那里打太醒目，于是修平走到了公寓入口五十米处的电话亭。电话拨通之后，随即有旅馆的服务生应了声。

"不好意思，好像有一只表落在房间里了……"

修平以一副事不关己的口气说出了房间号和手表的特征，服务生很快就有了答复。

"是咖啡色表带的女式手表吧？"

"找到了吗？"

女式手表被这么明确地提了出来，修平对着电话机都觉得抬不起头来。

"我们会代您保管,请问您什么时候来拿?"

"明天再去可以吗?"

"当然可以。"

"那么我明天一定会去的,非常感谢你。"

即使对方并不在眼前,修平还是深深地鞠了一躬,挂断了电话。

现在总算解决了一件事。修平又掏出了一个十日元硬币,这次是打给叶子。

以往跟叶子联系,他都是打电话到修养中心,还从没有往她家里打过电话,尤其是在这么晚的夜里。修平原想,如果她丈夫在就不好了,不过这通电话是叶子要求打的,也就没有必要担心了。这样想着,修平按下了号码,叶子很快就接听了。

"已经找到了。"

"那太好了,果真是在床头柜上吗?"

"那我倒没问。旅馆会代为保管,最好明天就去把它取回来。"

"要我去吗?"

"你的东西你最熟悉,不是吗?"

明天还要去取个女式手表,这样尴尬的事情修平绝对不会做的。

"你说你,突然打电话过来,我还以为出了什么事呢。"

"你现在在哪儿打电话?"

"在我家附近的公用电话亭。"

"难怪你刚才说话一本正经的样子呢。"

"刚才女儿就在身边,说话不方便。"

"你妻子也在吧?"

"不是跟你说了吗？不在！"

修平正说着，一辆汽车从电话亭一侧经过，停在公寓门前。夜色昏暗再加上夜雨朦胧，修平看不真切，像是一辆白色轿车。

"你回到家之后，肯定是个好丈夫好爸爸，对不对？"

"说这些无聊的做什么。"

"你一回家就把我忘了吧？"

"怎么会……"

话说到一半，修平噤了声。

从电话亭里可以看到公寓的入口。四周被夜雨笼罩，漆黑一片，入口处却被一盏荧光灯照得雪亮。

一个女人从轿车里走了出来，站在公寓的走廊上。体态苗条，领子竖起，右手拎着大大的手提袋和一把雨伞。

女人下车回过头时，驾驶座的车门打开了，一个男人走了出来。

"喂喂……"

电话里传来叶子呼唤的声音，修平却浑然不觉，他紧盯着公寓入口。

站在走廊上的女人正是妻子房子，跟她说着话的，似乎是个长头发的男人。那男人比妻子高一头，大概一米七八的样子。修平在他的斜后方，所以看不真切他的脸，不过从他穿着的夹克来看，应该不是个普通的上班族。

男人似乎很是恋恋不舍，话一直说个没完，而女人却似乎很在意周围，时不时地左右看看，还对男人频频点头。

"你怎么啦？"

电话的另一端再一次传来叶子的声音，而此时，男人伸出了手,女人则紧紧地握住了那只手。

男人依然背对着修平,而妻子却不经意地往这边看了一眼,随后继续仰头看着那人。

修平一时间以为被发现了,慌忙垂下了眼帘,等他再把视线投向公寓门口时,两个人已经放开了手,男人正要回到驾驶座里。女人轻轻拍了拍他的背,看着他坐定之后,走到了车窗前。

那两个人又说了几句话,最后女人点点头,轻轻地挥了挥手。像是回应一样,轿车喇叭响起,慢慢地驶离公寓。

"原来如此……"妻子走进公寓之后,修平如此自言自语道。

此时,他手里拿着的电话听筒里又一次传来叶子的声音。

"喂喂……"

"对不起。"

修平连忙把听筒放回到耳边。

"刚才是怎么了啊?突然不说话了,还以为你哪里不舒服晕倒了呢。"

"刚看到了奇怪的事情。"

"是什么事?看到什么了?"

"没什么,不是什么大事。"

"说清楚嘛,好不好?"

"以后再说吧,今天就到这儿吧……"

放下电话,修平一下子感到了疲惫。没做什么事却手心冒汗,心跳加快。

"果然是这样……"

修平在电话亭狠狠地敲了敲自己的额头。

不可思议的是,明明刚刚亲眼见到的场景,感觉却像是电影里

041

的故事。刚才站在门口的女人像是不知哪里来的女演员，而男人则像是刚出道的男演员。

"原来如此……"

修平喃喃自语，靠在了电话亭的玻璃壁上。

雨依然在下，外面漆黑一片。路灯下树影婆娑，看样子是要起风了。

在这一片黑暗里看着公寓明亮的入口，修平犹豫着要不要回去。

儿时曾经因为干了坏事，不敢轻易回家。就那样远远地望着家门，想着会被妈妈怎样责骂。

修平现在的心情和那时很是相似，呆呆地站在电话亭里犹豫不决，想着到底要不要回家。

不过修平也不算是干了什么坏事，只不过是到外面公用电话亭打了一个在家里不方便打的电话，又恰好看到自己的妻子被别的男人送回家的场景。

以现在的情形，干了坏事的是妻子。

从前，每当听说有些女人身为人妻却红杏出墙，修平就会忘记他和叶子之间的暧昧关系，为那些丈夫们打抱不平。

他们到底在搞些什么？对那些不忠的女人就应该大声斥责，视情况马上离婚就好了。男人们辛苦奔波拼命工作，女人却趁机在外偷情寻欢，实在是令人无法容忍。

而一旦自己也身处其中，修平却怎么也做不到旁观者清了。

现在就这样回家，去质问晚归的妻子其实也并不奇怪。这么晚被男人送回家，又在公寓门口卿卿我我，成何体统！

跑去质问她"那个人是谁？是什么关系？"也是理所当然的。

但是修平却呆呆地站在电话亭里,完全不知所措。

是去质问妻子,还是考虑到自己也做过坏事而大事化小?

修平干咳了一声。

倒像是看到了不该看的事情。如果没看到,就可以坦坦荡荡地回去了;这样不经意一瞥,却让自己想回家都难了。

不过仔细一想,反正回的是自己的家,有什么好犹豫的。

于是,修平拿起靠在角落里的雨伞走出了电话亭。

穿过斜飞的雨丝快步走进公寓,在电梯前,修平又停住了脚步。

现在回去,家里自然是妻子和弘美都在。以什么样的表情面对她们好呢?刚才的事让修平不想给妻子好脸色看,但是这和弘美无关啊。

但是要做到对女儿温柔对妻子冷漠也很难。

走出电梯站在家门口时,修平正了正衣领,摆出一副严肃的表情,按响了门铃。

短促的两声铃响之后,屋子里有了动静,随后门开了。

"哎哟,是你啊……"

出来开门的是妻子,看到修平之后立刻蹲下来把门口的鞋子往边上靠了靠。

最近妻子的态度让修平很是不悦,其中一点就是在修平回家的时候,她连"你回来了!"都不说。要么就是像刚才一样"哎哟"一声,要么就简单地点个头敷衍了事。

一起生活了很多年,再说这些可能会让人觉得是小题大做,不过那种不被重视的感觉却是挥之不去的。以这种态度来迎接在外辛苦工作了一天的丈夫,未免太不敬了。

尤其是今天晚上,妻子玩到将近十二点才回家。这种时候她还以一声"哎哟"敷衍了事,实在是太不知羞耻了。

修平一下子沉下脸来,一声不吭走进屋里。

不知弘美有没有跟妻子说过话,她还是盘腿坐在沙发上,跟修平出门前一样。纤细的双腿,渐渐丰满的胸部,都显示出她正处于即将成人的青春期。

修平直接走进卧室换了睡衣,出来之后坐在了弘美旁边的椅子上。

"给我倒茶!"修平没好气地说。

妻子立刻拿起水瓶往茶壶里添了些水。

"很早嘛。"

"你说什么?"

"弘美说你有急事去医院了。"

修平叼上一根烟点上了火。

"没去吗?"这时妻子又问道。

"本来要去的,不过半路回来了。"

"这样没关系吗?"

妻子有些先发制人的味道。如果是外出,现在回来确实早了些,不过还是不要辩解,顽强应战吧。

"这么晚出门不方便。"

"但是病人不是在等你吗?"

"打电话说过了。"

弘美用余光关注着这边的动静,像是察觉到了父母之间的火药味,有些担心。

修平喝了一口茶。此刻,他实在想说几句难听的话,可是孩子在场不便启齿。

于是修平转过头对着弘美说：

"你快去睡觉吧，都过了十二点了！"

"可是人家放假了嘛。"

弘美的确是因为放春假才回家的。

修平抽着香烟，偷偷地观察着坐在前面的妻子。可能是回来之后换过了衣服，淡茶色的毛衣配一条藏青色长裙，头发与平日无异，尤其是脸上没有化妆的痕迹。

妻子真的是刚才那个跟男人站在公寓入口的女人吗？

修平深吸了口气，发了话：

"你什么时候回来的？"

"刚刚，比你稍微早一点。"

妻子站起身走到餐柜前，像是要找什么东西的样子。修平对着妻子的背影继续发问：

"怎么这么晚回来？"

"有人辞职，今天开欢送会。"

"你事先不知道吗？"

"以为很快就会结束，我想反正你也会很晚回家。"

"为什么我会晚回家？"

"你不是一向如此吗？"

妻子似乎有意岔开话题，问弘美：

"这包裹是什么时候到的？"

"三点左右吧，当时没找到印章，特麻烦。"

"不是跟你说过在这里的？你看，在这里面呢。"

妻子拉出柜子里的一格抽屉给弘美看。修平的话被半路拦下，他又喝了口茶,却发觉味道有些淡。

"再给我倒杯新茶吧。"

"可是一会儿就睡了啊。"

不管睡不睡,喝这样的陈茶总归让人不爽快。修平不耐烦地啧了一声,把茶碗往妻子面前一推。

"不管你送别会不送别会的,做事还是不要太过分比较好。"

"说什么呢……"

妻子回过头来,修平一下子瞥见她脖颈上若有似无的淡淡红印。正待定睛仔细看看,妻子却连忙把脸别了过去。

今早没有这样的红印吧?不过修平并不确定,毕竟没有认真端详过。修平又看了看,可能是灯光的缘故,这次看起来只有小小的一块,也可能是小皱纹造成的阴影吧。

修平重拾起信心继续说道:

"弘美一个人在家怪可怜的。"

"没什么,我无所谓啦。"

本想拿孩子做借口,弘美却立刻摇了摇头。

"妈妈也只有今天晚回来呀。"

说到底,女儿是妈妈的贴心小棉袄,母女二人的统一战线很是牢固。不过修平也并不觉得自己有什么可退缩的。

"这么晚回来已经没电车了吧?"

"电车还有,不过今天是别人开车送回来的。"

妻子泡了新茶之后重新坐在了椅子上。这样面对面坐着,修平感到有些不安,不过就此退缩的话就会错失良机。

"还有人把你送到这里?"

"有个同事住在高井户,他顺路把我送回来的。"

"是女的吗？"

"是个男人。"

没想到她这样毫不遮掩。

"高井户到这里不是要绕很远的路吗？"

"这个时候也花不了很多时间啊。"

"那个男人没喝酒？"

"他平时不怎么喝酒的，而且送别会之后我们去喝了咖啡。"

"在哪儿？"

"六本木。"

"就你们两个人？"

"你怎么了？"

妻子一副奇怪的表情看着修平。修平瞥了一眼妻子的脖颈，发现小皱纹的地方确实有淡淡的红印，不过也很难就此断定是吻痕。

"说话的口气怎么跟警察似的……"

"我只不过是问问。"

妻子却扑哧一声笑了出来。修平喝了口新茶，觉得这次茶味浓而香甜。

这样喝着茶，修平回忆起在电话亭看到的那一幕。

在明亮的公寓入口，和妻子搭话的男人温文尔雅，而妻子的态度里也有着不同于普通朋友的亲密。

"他这么晚送你回来，你不觉得不合适吗？"

"只不过是送送我，没关系呀。"

真的只是送送而已吗？修平克制住想要质问的情绪，继续说道：

"那么多同事相处,也许会有人说闲话的。"

"怎么会……"

妻子不屑似的别过脸去,甩了一句。

"我们同事里可没有这么无聊的人!"

"反正不管是不是工作,交往都要有个限度。"

"我不是一直都是这样的嘛!"

"你少跟我打马虎眼!"

"你这是什么意思?到底是怎么回事?"

"没什么意思!"

这最后的一击似乎有了效果,他正在暗自得意时,妻子却忽然笑了起来。

"有什么好笑的吗?"

"你在担心呢。"

"担心?"

"担心我啊。"

"怎么可能……"

修平连忙摇头否认,可是妻子却戏谑地看着他,连女儿弘美也偷偷地笑起来。

"我睡了!"

修平一把掐灭了手里的烟头。

再说下去估计也不会有什么效果。相反,情况可能越来越糟。本以为抓住了对方的弱点,可以乘胜追击,没想到落得个功败垂成的下场。不管怎么说,还是在外花心的事实让自己陷入了困境,不敢越雷池一步。今天还是就此鸣金收兵,他日再战吧。

修平这样告诉自己,站起身来。

第三章　白夜

　　北海道虽没有梅雨季节,但六七月里也会有几天阴雨连绵的日子。札幌的人们称之为"虾夷梅雨"。

　　修平前往札幌参加学会的那天,天气和这"虾夷梅雨"很是相似,机场上空一直压着厚厚的云。

　　每次来到北海道,修平都会对这浩瀚的天空感叹不已。极目远眺,目光所及之处尽收于苍穹。

　　天空宽广自然就突出了云的压迫感。飞机场上空的虽是雨云,但似乎因为高空有风,风消云散,使得那远山尽头,厚厚云层的缝隙里泻下万丈金光。

　　虾夷梅雨似乎就到那天结束了。

　　修平来此的第二天,札幌就恢复了北海道典型的凉爽初夏天气,叶子来的那一天更是阳光普照,万里无云。

　　修平当天就退掉了原来的旅馆,随后出席学会,下午的演讲只听了一半就搬进了中岛公园附近的旅馆。

　　原来的旅馆在札幌的中心地带,去学会的会场倒是很方便,不过周日晚上还会有不少会员继续住在那里。而且修平的部下染谷医生打算明天到积丹游览一番,所以也会在那儿多住一晚。

在那样的地方,是无法安心和叶子在一起的。

虽然新搬来的旅馆里也可能住着参加学会的医生们,不过修平对他们并不怎么熟悉。

下午三点,修平到旅馆登记入住后,在房间里稍稍休息了一会儿。

前些天一直住单人间,这次换成了双人间。窗边摆着一组简单的沙发和茶几。从窗子正面望去,可见新绿初上,群山延绵;俯视则见一方清池被翠柳环抱。池塘是公园的一部分,常能看到池上泛舟或者柳下信步的人们。

比起市中心,这里的旅馆更为安逸。

修平望了池塘好一会儿,然后低头看了看手表。

叶子的飞机三点钟到达,从飞机场到札幌市内需要一个小时,也就是说,叶子会在四点钟左右到达旅馆。

到旅馆之后,可以在服务台打电话上来,不过叶子一向喜欢制造惊喜,说不定会问了房间号码直接到房间来。

修平已经完全把学会的事抛在脑后了。

发表论文已经在上午顺利完成了,之后只需要尽情地享受与叶子的约会就好了。

说起来,这还是他第一次和叶子相携远游,之前倒是在大阪约会过一次,但那次叶子是为了参加亲戚的结婚典礼,不算是特意为了两人约会出来的。

但是今天,叶子千真万确是为了修平一个人,不远千里从东京飞过来的。

修平在感动的同时,也有着些许的不安。

"这次出来,叶子到底跟丈夫编了什么借口呢?"

即使没有孩子牵绊,也不能随随便便一声不吭地离开家吧?

也许他不应该深究此事,但是如果知道自己的妻子追随男人远游札幌,修平是无论如何也不会原谅的。不光是修平,这普天下的男人都无法忍受吧。

难道叶子的丈夫还没有察觉? 这次和在东京大阪这样的地方约会可不一样,她丈夫肯定会问问出行的原因、时间之类的问题,那时叶子是怎么回答的呢? 这样想着,修平也渐渐不安了起来。

正如修平所料,叶子没有打电话,直接敲门进来了。

"你来了,真好!"

修平紧紧地抱住了满面春风扑入怀中的叶子。

虽然不过一个半小时的飞机,这北海道还是够远的。一想到叶子身为他人之妻却远道而来,修平就觉得应该极尽疼爱才好。

"累了吧?"

"有点,不过沿途的风景很不错哦!"

不知是不是为了此次旅行特意添置的新衣,叶子穿了一件白色西装,在领边配了一条水蓝色的纱巾。

"学会已经结束了吗?"

"今天下午结束的,大部分人都会乘傍晚的飞机回去。"

"可是还有人留下,不是吗?"

"这个不用你担心。可以的话,我们休息一会儿就出去吧。"

修平事先已经跟札幌的医生打听清楚也做好了安排:参观被称为东亚第一的大仓山滑雪跳台,从那里俯瞰夕阳中的札幌,然后到旅馆餐厅就餐。

叶子像是被跳台的宏大气势吓坏了,站在顶上时紧紧抓着修平不停喊怕,而看到夕阳西下的黄昏美景时又不住地大声赞叹。

这第一天的安排似乎很得叶子的心。

晚餐吃到一半,修平离开座位走到餐厅入口处的电话机旁。虽然已经跟妻子打过招呼说今天不回东京,不过还是联系一下比较好。家里倒不会有什么事,不过医院可能会打来紧急电话。若是跟叶子回房间之后再联系就不方便说话了,还是趁现在解决比较妥当。

修平插入电话卡拨通了电话,却迟迟没有人接,于是挂断了重打,这次很快就有了回应。

"喂喂……"

这是女儿的声音。

"是弘美吗,你怎么在家?"

弘美住在湘南的高中宿舍,周末才会回家,周日晚上本应该返校的。

"明天校庆活动,不用上课。"

修平想起去年也有过这么一次。

"让妈妈来接电话吧。"

"妈妈出去了。"

"去哪儿了?"

"大阪……"

修平是周四下午从东京出发的,妻子却对她的大阪之行只字未提。

"什么时候去的?"

"今天早上。爸爸不知道吗?"

"这个……"

若是连妻子出去旅行都不知道,怕是连弘美都觉得可笑了,于是修平慌忙含糊带过。

"那她住在哪儿?"

"不知道啊。"

"她什么都没有说吗?"

"我又不是妈妈的跟班。"

不知是不是故意开玩笑,这孩子居然用这么不敬的口气说话。

"那就你一个人在家了?"

"朋友过来住,没关系的。"

"那你要好好看家啊。"

最后一句话倒是带出了些父亲的威严。等他挂断电话回到座位上时,叶子正吃着餐后甜点。

"怎么了?"

看着修平有些恍惚的神情,叶子担心地问道。

"没,没什么……"

修平慌忙喝了口红酒,吃了口牛排,心思却一下子回到了家里。

"是病人的事吗?"

叶子只当修平打电话是为了公事。

妻子出差去大阪到底所为何事?

修平从东京出发的时候,房子对于她的大阪之行只字未提。听弘美说是有急事,倒也可能是因为那时还没有出行的计划。

但是她是知道修平在札幌的旅馆。只要她想跟修平联系,出行之前都是办得到的,不应该像现在这样一声不吭。

难道她知道了自己跟叶子相会北海道的事，为了报复才跑到大阪去的？

可是这次旅行只有修平和叶子两个人知道，妻子不可能发觉。虽然说了学会之后多留一晚，但也跟她说明了那是为了跟札幌的老朋友见个面，她应该不会怀疑才对。

如此说来，该不会是被某个男人邀请出门的吧？

晚餐之后，修平和叶子一起去了地下酒吧，心情却始终无法平静。至今修平都没有认真想过妻子外遇的事，可能正是因为来到了遥远的北海道，就越发挂心起来。大约三十分钟之后，修平借着去厕所的机会又给东京的家里打了个电话。

这次铃音响了三次，还是弘美。

"爸爸，怎么了？"

一个小时之内打了两次电话，这似乎让弘美很惊讶。

"现在和朋友在一起吗？"

"是啊，有什么事吗？"

"刚刚你说妈妈去了大阪，是吧？"

"妈妈刚刚也打过电话来。"

这么重要的事这孩子怎么现在才说！修平急忙把听筒贴近耳边问道：

"那妈妈说了什么？"

"交代了明天早饭的事情，还问爸爸有没有打电话来。"

"你怎么回答的？"

"我说有啊。"

"然后呢？"

"问了旅馆的事情。"

之前居住的旅馆名早在离家之前就交代清楚了,而今天的旅馆还没有提过。

"我不知道嘛,就说了不知道。"

"然后呢?"

"只有这些了。"

真的只有这些吗?修平正在想着,弘美问道:

"还有事吗?"

"没什么了……"

"有什么要转达妈妈的吗?"

"你知道妈妈住在哪个旅馆吗?"

"妈妈什么也没说,不过明早可能会再打电话过来,到时候问问她吗?"

"还是不用了……"

挂断电话之后,修平不禁叹了口气。

还真是一对怪夫妻。丈夫和妻子都不知道彼此所在何处,却不约而同给家里的女儿打电话。明明很介意对方行踪,却都不愿出手调查。

"弘美也真是的……"

父母都不在家还能一副若无其事的样子,真不知道现在的女孩子们都在想些什么。

想到这里,修平一下子站定了。

难不成弘美早就知道父母外遇的事了?就是因为知道了,才故意装出无所谓的样子吧。

弘美原本是个很懂事的孩子。以前在修平出差的时候,她总是会说"早点回来哦",修平从出差地打电话回来的时候,她也总是很兴奋地问:"爸爸,你还好吗?"曾经那个极爱撒娇的女儿,现在却变得如此冷漠。

孩子总是很敏感的。弘美平时住校,只有周末才在家里,即便如此,她也从父母言行的细微之处察觉到了什么吧?

"搞不懂啊……"

修平握着拳头敲了敲自己的头,回到座位之后,叶子连忙问道:

"医院的事没问题吧?"

"没事,不用担心。"

叶子始终认为修平是担心医院的事才去打电话的。

"今晚让我们痛痛快快地喝上几杯吧!"

两人一起过夜的机会不可多得,如果为了妻子郁郁寡欢虚度春宵,那未免太不解风情了。

晚上回到房间的时候,窗下的公园已经隐于墨色之中了,而池边的草坪在路灯下却依然青翠可见。刚才俯瞰夜景的那个小山丘连同群山都已被暗夜吞没,只有那缆车灯光绵延至山顶,孤独地标榜着山的高远。

"这里真的是札幌吗?"叶子靠在窗前轻声问道。

"没错,真真切切的札幌。"

"这么说,不会有人追到这里来了吧?"

修平很能体会叶子的心情。的确,来到这里之后,仿佛抛开了东京的所有烦恼,这个世界仿佛只有他和叶子两个人。

"明天有什么安排?"

"先好好睡一觉,然后到北海道大学和植物园参观一下,回来顺路去支笏湖玩一趟,怎么样?"

"这样时间来得及吗?"

"只要明天回得了家就行吧。"

叶子点了点头,随后像又想起什么似的,继续说道:

"只住一晚实在意犹未尽呀。还能再住一晚吗?"

叶子忽然提出要多留一晚,这种大胆让修平很是惊讶。

"可是明天是周一,再说……"

"因为要工作所以没办法喽?"

修平点了点头,自然想到了叶子家里的事情。

作为一个妻子,她能够连续两个晚上不回家也毫不在乎吗?

修平很想问问叶子,如果真的问了,这难得的气氛也许就会被破坏。

为了摆脱这些胡思乱想,修平走到衣柜前,把外出服脱掉,换上了浴衣。

"你也来换衣服吧。"

"要睡了吗?"

"去洗澡啊。一起怎么样?"

"我过会儿再洗吧。"

如果是在情人旅馆,修平也许会硬拉她进去,但是在这样朴实安稳的旅馆里,那样就会显得有些轻浮。再说,今晚到明早可以一直在一起,也不必急于一时。

于是修平先去洗了澡。他清清爽爽地从浴室出来的时候,看到叶子正在打电话。为了不打扰她,修平蹑手蹑脚地走了过来,这时叶子说了句"就到这儿吧"立刻挂断了电话。修平心想,她是打给家里的吧。不过叶子什么都没有解释,只是微笑着站起身来,走进了浴室。

修平这才拿起毛巾擦着淋湿的头发站到了窗边。对面群山的缆车只剩下山麓处依稀几点灯光,窗下的池塘边也早已不见人影。

修平喝了口桌上的凉茶,顺势仰面躺到了床上。

难得来北海道,却提不起一丁点的兴致。

修平只觉得心里满是烦躁。

并不是工作或人际关系上出了问题。他在学会上发表的论文,获得颇高的评价,在医院里的病人中也颇有人缘。五六月间,几乎各科患者都有减少,唯独修平的整形外科有增无减,从表面上来看,他算得上是一帆风顺。

尽管如此,修平还是觉得心里郁结着一股难以名状的烦闷之情,使得他甚至有种想要挥拳相向的冲动。

不可否认,这其中的原因之一,就是妻子最近的所作所为。

修平总觉得妻子已经红杏出墙,虽然不能百分之百确定,但是这几个月来,这种疑虑却如影随形挥之不去。

对修平来说,他并不想把自己现在的烦躁归结到妻子头上。否则,就意味着他承认了自己因为妻子有外遇而自乱阵脚的事实。妻子没有红杏出墙的理由,而且也不会有合适的男人,之所以如此轻视,说到底是修平不想看到因为妻子外遇而惊慌失措的自己。

修平一直在努力保持平静,如果现在乱了阵脚,那他只会成为众人的笑柄,他只是不想自己那么难堪罢了。也许就是因为这样的念头积压在心里,反而让他的焦虑与日俱增。

细想来,他和叶子之间的关系也许正是这种焦虑的发泄方式之一。

当然,修平和叶子的关系早在怀疑妻子外遇之前就开始了,正是修平自信妻子对自己忠贞不贰才接近叶子的。

也就是说,他是在十分笃定的情况下开始寻花问柳的,不过现在看起来,那份笃定已经靠不住了。

如果妻子真的对修平不忠,那么修平也没必要再为他和叶子的关系感到羞愧了。

在相信妻子忠贞不二时,修平每次和叶子在一起,心底都会有种负罪感,不过现在那种感觉似乎是多余的了。

也许这次带叶子来北海道就是因为这心底的烦躁吧。正这样漫无边际地想着,叶子穿着自己带来的白色内衣从浴室里走了出来。

黎明时分,修平起来上了一次厕所。

回到床上时,他顺便朝窗子望了一眼,窗帘的边角隐隐透出了白光。

六月的札幌天亮得很早,以天色还未大亮的情况来看,现在大概还不到五点。

修平闭着眼睛,轻轻把背对自己的叶子的背部和腰部紧贴向自己,双手轻触着叶子柔软的胸部。

就这样感受着叶子的体温,修平又睡了过去。

等他再次醒来,已经是三个小时之后的事了。修平感觉好像有人在远方喊他,等他醒过来时,才发现是电话铃在响。

修平缓缓地翻过身,看到窗帘的边角处透进了明亮的阳光,之后拿起了听筒。

"喂……"

谁这么早就打电话来啊,修平满是不快地"喂"了一声,紧接着一个女人的声音回应道:

"你醒了吗?"

这声音听起来怎么这么熟悉?修平正在纳闷,电话的另一头又问道:

"还在睡吗?"

听到这口齿清楚的声音,修平才发觉原来是房子!

"不好意思打扰你了。"

"没什么……"

现在到底几点了?修平欠起身想要看看床头柜上的时钟,就在这时,妻子说道:

"现在八点。"

修平一时间有种被人窥视的错觉,本能地一回头,只见叶子翻了个身,像是醒了。

"有点吃惊吧?"

与之相比,修平真正在意的是妻子的声音会不会被叶子听到。

"我问遍了札幌的旅馆才找到你。"

修平把听筒紧紧地靠在耳边,生怕电话里的声音泄露出来。

"你还好吧?"

"嗯……"

叶子就在身边,修平只能这样回答。

"你那边的天气怎么样?"

"很好啊。"

修平的话简短得连自己都觉得不自然。

"今天回来吗?"

"嗯……"

"几点到羽田机场?"

"还没决定……"

"现在说话不方便吗?"

"不是……"

修平连忙摇了摇头,试探着问道:

"你现在在哪儿?"

"你没问弘美吗?我因为有急事,来大阪了。"

既然在大阪,为什么不把旅馆名告诉弘美?既然是昨天出发的,不是也可以给我之前住的旅馆留个口信吗?修平一肚子的不满意,只是碍于身旁的叶子问不出口。

"如果你现在不方便,那我待会儿再打给你。"

妻子大概是从房间出来在旅馆大厅打的电话,但是修平却正和叶子一起共享清梦,这使修平很是被动。

"我想尽快把事情办好,乘下午的飞机回去。"

"……"

"如果你也方便的话,我们在羽田碰个头怎么样?"

"在羽田?"

"弘美不是一个人留在家里吗?她想让我们带她在羽田餐厅吃个晚饭,算作对她的犒劳。"

如果在羽田和妻子碰面,那他和叶子的事势必会穿帮。修平只好在一旁默不作声,这时妻子追问:

"不行吗?"

"不是……"

"那约几点合适呢?"

"你突然……"

修平话说到一半,见叶子坐起身来,于是斜看了她一眼,客气地继续说道：

"现在我还不知道能买到几点的飞机……"

"你还没有买票吗？"

"一会儿再去。"

"那我一会儿再打电话过来，到时请你确定好回来的飞机。"

"……"

"那我先挂电话了，不好意思打扰你休息了！"

电话随即就被挂断了。手里握着忙音的听筒，修平长叹了一口气。

看来妻子已经察觉到他和其他女人在一起的事实了。当然，刚才的对话不管是谁听了都会感到蹊跷：对妻子的喋喋不休，修平只用"嗯"或者"不是"几个字回答。现在在床上，又只能用这么几个简单的词敷衍了事，不被怀疑才怪。

可是房子为什么要这么早打电话来呢？

嘴上说是要犒劳弘美，其实只不过是想借这个名目探探修平的虚实吧？

平时总是一副淡泊明理的样子，其实心里也不可避免地深埋着女人的妒心吧。

早晨的阳光从窗帘的缝隙里钻了进来。看那细而有力的光线，便知外面的太阳已升得很高了。修平从床上爬起来，坐到窗边椅子上，点上了一支烟。

本以为时间尚早，看了一眼床头柜上的时钟，才知道已经八点半了。如果平时在家，修平这个时候早就起床了，可是妻子刚才却说了句"不好意思打扰你休息"，这无疑是对他的讽刺。

不对，说到讽刺，应该说刚才电话里满是讽刺。她说那句"现在说话不方便吗?"的时候,一定是已经知道了他和叶子在一起的事情。

"这下完了……"烟雾缭绕中,修平轻声嘟囔道。

今天早上很明显是被偷袭的修平落了下风。房子的出其不意堪比当年的珍珠港突袭啊。

这个致命的偷袭使得修平如同方寸大乱的舰队溃不成军。看样子敌人不把修平击沉是不会罢休的,发动第二波的攻势是迟早的事了。

如果房子再打电话来,修平应该如何回答呢?

其实,修平还是没有决定乘几点的飞机回家。学会昨天就结束了,今天又不是什么特殊的日子,应该随时都有空位的。再加上叶子也并不着急回去,所以修平打算和叶子去支笏湖游玩之后,搭晚班飞机回家。

如果妻子女儿等在羽田机场,这些计划就都实现不了了。下午四点,最晚五点不搭上回程的飞机,就来不及和她们一起吃晚饭了。而且这样的话,也不方便和叶子搭同一班飞机,就算是一起回来,也不得不在出口处分别。

好不容易来一趟北海道,却在回程时各奔东西,这实在有些遗憾。何况,如果叶子知道家人来接机,一定会不高兴的。

"还是果断地拒绝吧。"

可是,一旦断然拒绝,妻子必定会更加怀疑。搞不好这回不再拐弯抹角地讽刺挖苦,而是直截了当劈头就问:"你是不是和其他女人在一起?"

用旅馆的电话商量这样的事情总觉得很麻烦,尤其是碍于叶子也在房间里,修平就更不方便说话了。

不管怎么说,妻子这一招先发制人,玩得相当漂亮!

其实修平原本占据着绝对的优势,昨晚他还打算回东京之后彻底地盘问盘问她。谁知,不过一夜的工夫便攻守易位,修平已经毫无招架之力了。

"要想扳回这一局,果断强硬一点才行啊!"

修平点点头给自己打气。这时叶子从浴室里走出来,已经穿好衣服,还化了淡妆。

"你怎么现在就换衣服了?"

"我看你好像很忙嘛。"

修平本来还想抚摸着叶子柔嫩的肌肤再睡一会儿的。

"今天几点回东京呀?"

"几点都没关系。"

"还是早点回去比较好吧?"

叶子似乎略微听到了刚才电话的内容,像是已经对那张床全无留恋,哗啦一声拉开了窗帘,初夏的阳光一下子涌进了房间。

"喂,太亮了!"

"你也快起来换衣服吧!"

修平无可奈何地起身走进了浴室。

可能的话,修平想在浴室里接妻子的电话。这样不用担心被叶子听到,就可以无所顾忌地说话了。

然而事与愿违,洗漱的时候一个电话都没有,出了浴室,刚刚喝了一口叶子泡的茶,电话铃就响了。

"喂……"

想是算准了这边的动静,时机刚好。

"回来的时间,已经确定好了吗?"

"还没呢。"

修平感受到背后叶子的目光,毅然决然地说:

"今天可能会搞到很晚,所以不能一起吃饭了。"

"有事吗?"

"嗯……"

"弘美正盼着呢,你就不能想想办法吗?"

"没办法。"

这样断然拒绝后,妻子什么话都没有说。很长时间的沉默之后,修平觉得有些过意不去,刚要开口,妻子回了话。

"我知道了,那算了吧!"

"没关系吗?"

"这也没办法啊,你自己小心吧!"

电话随即被挂断,修平望了一眼手里的听筒才重新放了回去。

"是你太太的电话吗?"

修平一回头就听到叶子如此问道。他有些尴尬,把桌上的烟叼在嘴里。

"是不是有什么急事?"

"就是无聊!"

修平抽了支烟,忽然对妻子的做法很是生气。自作主张地一早打来电话,这边说没工夫,她就立刻不高兴了。她自己擅自在外住宿的事一句没提,倒是一个劲儿责备他,再怎么不知羞耻也得有个限度吧!

"怎么回事?"

叶子直直地盯着修平,那盛满担心的眼神让修平想要一吐为快。

"她在外面有男人。"

"你说什么?"

"昨天晚上,她像是跟男人去了大阪。"

"不会吧……"

"不会错的!"

一旦说出口就不必感到羞愧了,修平一下子打开了话匣子。

"我亲眼见过那男人送她回家。"

"可能是误会吧?"

"不是误会,根本就是证据确凿!"

话题突然变得严肃,让叶子不知所措起来,她那半惊半疑的眼神让修平一下子感到了尴尬。

一个大男人在女人面前坦言自己妻子红杏出墙的事实,这无疑是宣告自己是戴了绿帽子的乌龟。

"真是够荒唐的……"

修平苦笑着揉熄了手里的烟。这时,叶子慢慢地点头说道:

"不过,你太太真是幸福呀……"

"什么意思?"

"因为你这么爱她!"

"我才不爱她。就是因为不爱她,刚才才断然拒绝了。"

"可是你很生气呀。"

"当然会生气,他们做了这么过分的事,难道还要我一声不吭吗?!"

"生气就说明你还爱她。像我家那位,连生气的力气都没有。"

"这怎么可能啊?"

"难不成是因为太宽容吗?"

"爱你所以宽容你吧。"

"也可能是没什么血性吧。"

"这么说,没准你丈夫和我太太很般配呢。"

"宽容的丈夫和虚伪的太太?"

修平一下子想起了换妻的游戏。

"要是交换一下没准儿也不错呢。"

"那就这么办吧?"

"我们倒是没关系,不过不知道他们能不能相处得好啊。"

"这么有新鲜感,不是刚刚好吗?"

修平忽然觉得很可笑。在早晨明亮的旅馆房间里,一个有夫之妇和一个有妇之夫居然在兴致勃勃地讨论着换偶的话题。

"总而言之,男人和女人如果在同一个屋檐下生活太久,一定会合不来的。"说着,修平从冰箱里拿出一瓶啤酒,倒了两杯。

"在一起会让彼此原形毕露吧。"

"就变得不能像恋爱的时候那么美好了。"

"不过我和我家那位一开始就不怎么喜欢对方。"

这么严肃的事情,叶子竟然说得这么轻松。

"如果不喜欢,那为什么结婚?"

"是啊,为什么呢……"

若追究起来,修平也并不是因为深爱房子才结婚的,如果叶子反问他同样的问题,估计他也说不清楚。

"我和他现在晚上都是分房睡的。"

"可是如果他跟你求欢怎么办?"

"放心吧,不会有那种事的。"

"万一呢?"

叶子的丈夫应该比修平小五六岁,这样正值壮年的男子面对叶子这样的妻子竟然会无动于衷,真是难以置信。

"我会用各种理由拒绝的。女人嘛,这样的谎话信手拈来。"

听叶子这么一说,修平忽然变得不安起来,该不会自己也被妻子欺骗过吧……

"那他就会同意?"

"就算他不同意,那种事情如果不是两厢情愿,不是很没意思嘛。"

叶子确实对丈夫了解得很透彻。修平一口气喝干啤酒,随后又倒了一杯。

"你太太没这样对付过你吧?"

"没有……"

"那你们还有救。"

感觉自己像是被叶子看轻了,修平拿起酒杯又是一饮而尽。

"可是像你这样年轻又漂亮的女子,还是有很多的吧?"

"那倒也是。"

"你其实也还爱着你的丈夫。"

"是啊,冲他能给我自由这一点,是个不错的人呢,再加上我还是更喜欢工作。"

听起来也许有些避重就轻的意味,不过修平倒也不是不理解叶子的心情。

"就算有,也不会影响你们的关系吧?"

"能从心底里彼此相爱的夫妻,应该没有多少吧。"

叶子不过三十岁出头,对婚姻的理解却出人意料地透彻。

"我的朋友们也对婚姻有着各自不同的不满。"

"是不是太挑剔了？"

"也许吧……"

"嘴上虽然挂着牢骚，不是也没有分手吗？"

"是啊，因为没有找到合适的人嘛……"

"要是找到合适的人，就会分手吗？"

"我想如果能找到的话，大家都会分手的。"

女人还真是出人意料地勇敢，到了紧要关头竟能轻松地抛下一切！至少叶子的心里就蕴藏着这样的力量。

"听说最近由女方提出的离婚渐渐多了起来。"

"女人都有洁癖，一旦讨厌一个人就没办法再忍受了。"

"男人也没办法忍受啊。"

"不过你不会离婚的。"

"为什么这么说……"

"你体贴，而且……"

叶子戏谑地盯着修平，继续说道：

"你很爱你太太呀。"

"喂，不要开玩笑好不好……"

"但是你不想离婚，不是吗？"

"你忽然这么问，我……"

"所以说嘛，你还是很爱她的。"

夫妻之间分不分手不是那么简单的事情，如果别人问他为何不分手，修平也很难立刻作答。

"这么无聊的话题，我们还是就此打住吧。"

一大早就讨论这么严肃的话题，让修平和叶子都感到了一丝疲惫。叶子声音明快地终止了对话，修平只是点点头，望向了窗外。

这个没有梅雨季节的北国,碧空万里晴朗无云,绿意盎然的青山仿佛近在眼前。

在视野开阔的十二楼日式餐厅吃过饭之后,修平和叶子先去了植物园,之后便去了北海道大学,漫步于绿坪美榆之间。

中午,他们在山脚下吃了一顿露天烧烤,随后便驱车前往支笏湖。

途中,在俯瞰湖面的观景台上,他们请司机拍了照片。隔着镜头被人审视的时候,修平忽然很想知道司机是怎么看待他们的。

两个人年龄相当,说是夫妇倒也并不奇怪,不过举止似乎太过亲昵,是把他们当成了恋爱多年才结婚的,还是早就看穿了他们的不伦关系?

修平刚刚意识到自己的脸色不太自然,司机就恰巧按下了快门。

"我们走吧。"

从观景台下来之后,开上那条以半圆状环绕着支笏湖的收费公路,不久便到了湖畔。

两个人在那儿又拍了一些照片,在湖边餐厅稍事休息之后,便前往机场准备出发了。

"要是时间再充裕一点,就可以看到夕阳西下的景色了。"司机这样说道。

可是再不抓紧时间,就赶不上飞机了。

修平原本就很担心,如果继续和叶子欣赏夕阳沉湖的话,叶子肯定会要求再多住一晚,那就回不去了。

不知道为什么,对于和叶子继续旅行,修平感到了一丝恐惧。

两个人旅行当然很开心,可是修平觉得自己无法抗拒叶子的吸引力,正一点点陷入无底的深渊。

车子穿过白桦林,在落日余晖下的草原上驰骋,到达千岁时,已经是六点四十分了。

办完登机手续,来到二楼的候机大厅,修平总算松了口气,终于可以回家了。

"一天的时间真的很不过瘾呀。"

透过玻璃窗,看着那晚霞渲染的天空,叶子轻声说道。

"如果现在再回到支笏湖,那儿的景色一定很棒吧。"

修平点点头,叼起一支烟。就这样默默地望着夜幕降临的机场,不久,广播里传来了东京方向旅客登机的提醒。

"我们走吧。"

修平说这话的同时,脑子里浮现出妻子的脸庞。

还是应该见个面比较好吧?不过现在想这些已经无济于事了。

飞机起飞已经是七点多钟了。两个人位子连在一起,叶子坐在窗边,修平和她并排坐在过道一侧。

"累了吗?"

"我还好啦。"

叶子昨天来今天走,可能正是因为来去匆忙才没有时间理会倦意。然而修平已经离家五天了,这期间他又是找旅馆又是准备学会,再加上带叶子在北海道游玩,多少还是感到累了。

若是在平时,他真想回家之后好好地休息一番。可是这次,想必等在家里的妻子一定不会有好脸色。

"你一会儿直接回家吗?"飞机水平飞行时,修平这样问道。

"是啊,怎么了?"

"没什么……"

叶子是来跟自己旅行的,却要回到其他男人的家里,修平感到有些不可思议。

"这么问可能比较冒昧,不过你回去之后,丈夫应该在家里吧?"

"今天周一,会回来比较晚吧。"

"再怎么晚也要见面吧?"

"差不多吧。"

"到时候你怎么解释来札幌的事?"

叶子忽然咯咯地笑出了声。

"你还在介意你太太的事情呀。"

修平一下被击中了要害,慌忙摇了摇头。

"这种时候一般会说是和朋友一起的。"

"和朋友一起……"

"嗯,事先想好朋友的名字,到时就说是她邀请去的,不就放心了?"

"可是给你那个朋友打个电话不就露馅儿了?"

"不会的。男人嘛,不会给自己太太的朋友打电话的,就算有个万一,那边也会帮忙圆谎的,不用担心。"

"真有这么好的朋友吗?"

"这是互帮互助嘛。"

"什么意思?"

"她跟情人约会的时候也会拜托我的。"

"原来如此……"

原本以为只有男人们在为寻花问柳绞尽脑汁,没想到妻子们也为此颇费心机呀。

"你也要小心一点哦,你太太一旦说出了某个亲密朋友的名字,就表示有蹊跷哦。"

"不过,我家那位都是因公事出差的……"

"这才是最大的问题呢。有工作的人花心才方便呢。"

修平之前就有过这样的猜想,现在被人这么明白地指出来,他就越发放不下心来。

"不过,你还是挺费心思的。"

"那当然,不然被赶出来不就无家可归了?你又不会收留我。比起无家可归,还是有个家比较方便嘛。"

修平苦笑着,拿起毛巾擦了擦手。

这世上的夫妻有很多种。有不少的夫妻看似恩爱,背地里却彼此欺骗彼此憎恨,其中不乏那些宁愿继续着貌合神离地生活也不肯离婚的人们。

"不可思议啊……"

"你说什么?"

"没什么……"

修平含糊地应了一声,闭上了眼睛。

第四章　骤雨

飞机到达羽田的时候已是八点半,比准点晚了十分钟。在北海道登机的时候,肌肤上还能感觉到丝丝凉意,等到了东京,连夜里的温度都超过了十五摄氏度,让人觉得有些闷热。

"玩得很开心,谢谢啦。"

飞机着陆后,坐在开往机场大厅的巴士里,叶子微微鞠了一躬以示感谢。

修平点了点头,心想如果坐在身边的是妻子会怎样呢?

如果是妻子,旅行结束的时候就不会出言道谢了,而且会以一副心安理得的表情坐在一边。不过,想必叶子和她丈夫在一起的时候也会是一样的冷漠吧。修平正这样想着,叶子开口问道:

"哎,我们要不要分开出去?"

"为什么?"

"那样比较保险吧?"

叶子似乎还在在意今早妻子的电话。

"没关系的。"

那么斩钉截铁地拒绝了她，她应该不会等在羽田门口了。就算等在那里，她自己也是玩回来的，我也没必要怕她什么。修平心里虽是这么想，等快到出口的时候，还是不自觉地加快了脚步。

虽然心想她应该不会来，但是万一碰见了就麻烦了。就算擅自等在那里的妻子没什么关系，叶子也一定会不高兴的。修平走在叶子前面四五米的地方，装出一副独自回来的样子走出出站口，朝四周望了望。

因为不是节假日，再加上是晚上的飞机，机场大厅里接机的人寥寥无几。修平随意晃了一眼，便知道房子和弘美不在。他安心地站在原地，等叶子赶上来。

"你可以先走，不用担心我啦。"叶子像是看穿了修平的不安。

"那我们再约时间。"

"真的非常感谢你。那我先叫出租车回去啦。"

"我也乘车回去。"

要搭出租车，他们必须穿过出口大厅，到前面的候机大厅才可以。就这样和叶子并排走到候机大厅中央时，修平忽然感觉到了右边的视线，一下子站定在原地。

"啊……"修平不觉叫出了声，慌忙别开了头。

搭同一班飞机回来的人们正三三两两地走向正门出口，就在前面一点点的地方，妻子和女儿弘美正看向这里。她们和修平的距离不过二十米。在这个人影稀疏的大厅里，显得尤为突出。

真的是她们吗？修平战战兢兢地挪回视线，想要看个清楚，这回却跟她们撞了个正着。毫无疑问，那确实是房子和弘美！

"怎么会……"修平想问却发不出声音来。

叶子像是很快察觉到了异样，看到站定不动的修平以及视线所及的房子和弘美,立刻别开脸快步走开了。

"喂……"修平不禁失声叫她,却立刻感觉到妻女的目光,把刚要抬起的手放了下来。

修平故作镇定地叹了一口气,朝妻子的方向走去。

"怎么来了?"修平强装平静,声音却颤抖得连自己都感觉得出来。

"你们怎么到这儿来了?"

"来接你呀。"

妻子身穿白色套裙,右手拿着旅行时常用的半圆形皮包。

"不是跟你说过今天会晚回来的吗?"

"所以我只和弘美约了见面的啊。"

修平本就没想到在飞机场碰到房子和弘美两个人,更没有想到她们会出现在候机大厅而不是出站大厅。早知如此,就和叶子稍微分开一点距离了,何至于这么突然,连一丝回旋的余地都没有。

"可是……"修平干咳了一声,继续说道,"你今天从大阪回来的吗?"

"五点到这里的。"

"从五点一直等到现在?"

为了掩饰内心的尴尬,修平故意提高了音调。

"我们两个人在楼上的餐厅吃了饭。"

"……"

"吃过饭之后,想过来看看你是不是会乘这一班飞机回来。"

刚才明明已经看到叶子了,房子却出乎意料地镇定。

"为什么没有回家?"

"不是拜托弘美看家的吗？所以想请她吃个晚饭慰劳一下。"

弘美面无表情地站在妻子旁边。难得和女儿见面，却让她看到了自己和叶子在一起的情形，真是无话可说了。

"我们走吧！"

三个人终于慢慢地走向出口。修平心里还在惦记着叶子，不过出租车站台已经没有了她的身影。

"要是你搭前一班飞机回来就好了。"

"……"

"弘美一个人多没意思啊。"

听着妻子的话，修平只觉得一股怒意冲上心头。

这次修平出行是为了学会，那可是之前就定好了的，把弘美一个人留在家里还不是因为她忽然出门，如果她老老实实待在家里，怎么会让弘美觉得无聊呢？

"还不是因为你随便出门？"

"我是有公事要办啊！"

"还不是要跟男人约会?！"修平强压下想要质问的冲动，咳了一声。

当着女儿的面争吵是不明智的。心里的埋怨一旦出了口，妻子和自己所有的事情都会被抖出来。

"你们都吃过饭了吧？"

"嗯，你呢？"

"我还什么都没吃呢。"

本想直接回家，让房子做些饭菜吃的，早知如此，还不如直接和叶子去飞机场的餐厅吃饭呢。

"那要不要先去吃个饭？"妻子的声音冷静得可怕。

"可是你们不是吃过了吗？"

"我们可以陪你喝点咖啡嘛。"

出租车乘车站台在候机大厅左侧五六十米远的地方，那里也没有叶子的身影。

"对面的饭店倒是可以开到很晚。"妻子指的是机场大厅对面的饭店。

"弘美今天要回学校吗？"

"当然要回去，还是爸爸妈妈两个人去吃吧。"

弘美住在湘南高中的学生宿舍，今晚必须回去。如果父母打个电话，也可以稍微推迟一下门限，不过看来她是没什么心思留下来了。

"这里离品川挺近的吧？"

"我的事不用你们操心。"

弘美看似无意却话里带刺。

"那我们先送弘美，之后再找个地方吃饭吧。"

不知道今天的妻子是怎么了，似乎不怎么想回家的样子。

"请到品川好吗？"

出租车来了，修平坐上了副驾驶的位子，妻子和弘美坐在后座。

"今天是校庆活动吧？"

车子发动之后，修平跟弘美搭话道。

"去年也是这个时候吧？"

"是啊。"

对于这种毫无意义的问题，女儿的回答甚是冷淡。

"昨晚你朋友来过？"

"嗯……"

今天弘美的话格外少。是看到自己的爸爸跟陌生女人一起下飞机受到了打击,还是吃惊得没心思说话了呢?

修平抱着胳膊看着车窗外流动的夜景,心中再度涌起对妻子的怨怒。

作为一个母亲,不是应该掩藏起孩子父亲的不妥之处吗?她却特意带弘美到机场大厅目睹这一切,到底是怎么想的!

"在北海道过得怎么样?"妻子想起什么似的问道。

"没什么特别的。"

"现在应该是北海道最美的时候吧?"

她亲眼目睹了他和叶子一起的情景,现在却对此只字不提。是真的不当回事还是强忍住了怒气?她这种不动声色的态度不禁让人毛骨悚然。

因为晚上车少,羽田到品川用了才不到半个小时。品川车站一到,弘美便拎着印有商场标志的购物袋下了车。

"自己要小心哦,过会儿妈妈会打电话给宿管老师的。"

说话的是房子,弘美只点了点头转而看了看修平。

弘美好不容易因为周日和校庆两天连休回了家,修平却始终没有机会跟她面对面说话。怀着这样的愧疚,修平沉默着没有吱声。弘美见状一下子转过身,快步走向了车站。

还在生气吗?还是并不关心父母之间的不和?弘美就这样消失在人群中了。

修平呆呆地望着女儿消失的方向,这时出租车司机开口问道:

"接下来要去哪里?"

"这个……"

如果去餐馆或者寿司店，就得把吃过饭的妻子晾在一边，这显得很不妥当。

"家里有什么吃的？"

"有些面包面条之类的，不然就去超市买点别的吧？"

"反正我肚子饿了。"

妻子没有再搭话，一副随你便的样子。

"请到等等力吧。"

车子在街灯中穿过，车中的修平很不满地沉默着。他把胳膊抱在胸前直盯着前方，故意表现出很生气的样子。

就算带着女伴到北海道确实是自己不对，但妻子的所作所为也未免太任性了。不跟丈夫打声招呼就跑到大阪去，连住宿什么旅馆也不知会一声。如果不是修平昨晚打电话回家，这就神不知鬼不觉地蒙混过去了。而且就算现在只有他们两个人了，她也不打算说明一下！

这样想着，修平渐渐怒了起来。迄今为止，他对妻子的那些古怪都是睁一只眼闭一只眼的，但是唯独今晚的事绝不能原谅！既然你揭我的底，我也不能让你好看！

离家渐近，修平决定豁出去大干一场。

他们中途去了趟超市，到等等力的公寓时已经十点多了。

妻子到家便钻进了厨房。把买来的鲑鱼红烧一下，凉豆腐上撒些青葱末，再做一碗裙带菜酱汤，一顿像样的饭菜很快便出锅了。不过因为没有时间煮饭，不得已用饭团凑合一下。

房子虽是杂志社里的编辑，做起饭菜来却也相当麻利。

不过修平并不满意。如果她早点回家，现在他也不必忍受这种凑合出来的饭菜了。

可是嘴里吃着妻子急急忙忙准备好的饭菜,修平心里渐渐生出想要就此罢休的念头。与其现在才去追究妻子的婚外情,放大家庭的不和睦,还不如填饱了肚子倒头就睡。

但是,一直以来被妻子蒙骗却沉默不语的滋味也不好过。如果现在不清不楚地放任不管,只会让情况变得更糟糕。

修平吃过晚饭,喝了一杯茶之后,对正在洗碗的妻子发了话。通常在妻子背对自己或者站在身旁时修平才会讲话,面对面的时候,他通常会选择沉默不语。与其说是没有当面对质的勇气,还不如说是因为面对面很难谈论太严肃的话题。

"昨天去大阪的?"

洗盘子的手顿了一下,随后妻子有了回应。

"是啊,忽然有工作要出去。"

"昨天不是周日吗?"

"周日也会有工作,杂志社不分星期几的。"

"是什么工作?"

"去拿大阪一个家庭主妇的手记。"

"那东西让她送来不就好了?"

"那样时间会很赶,而且还要当面采访呢。"

两人沉默了好一会儿之后,妻子开了口。

"你是在怀疑我吗?"

"……"

"我是和驹井一起去的,如果不信你去问她好了。"

这个驹井是房子同公司的女编辑,和房子同岁,两个人很合得来的样子。修平也见过她一次。

"她也是搭同一班飞机回来的吗？"

"她在京都还有事，之后又去了京都。"

修平想起叶子在旅馆里说过的话：女人想要掩饰自己的婚外情时，势必会拿女伴做挡箭牌。

"你出门之前总应该跟我联系一下吧？"

"联系过啊！可是那时你已经不在原来那家旅馆了啊！"

"那天早上还在的。"

"我是中午才决定要去的！"

妻子洗盘子的手完全停止了动作，像是已经转过了身盯着修平。感受着背后的目光修平继续说道：

"那倒无所谓了，不过你那些见不得人的事最好给我就此打住！"

"见不得人的事？！你什么意思？"

突然，水龙头传来一阵激烈的流水声。妻子是在洗手还是因为愤怒之极打开了水龙头？反正是很奇怪的水声。水流激烈敲打不锈钢水池的声音停止之后，妻子开口说：

"有什么想说的，请你现在讲清楚！"

"……"

"见不得人的应该是你吧！"

忽然感到声音近在耳边，修平一回头，发现房子已经站在了身旁。

"居然把那个女人叫到了札幌……"

妻子此言一出，修平便坚定了自己的决心：既然她说到了这一步，自己也只能应战到底了。要说作战的证据，自己也掌握得很充分！

"你也让我说两句吧。"

为了让自己心平气和,修平慢悠悠地抽了一口烟,随后开了口:

"你有相好的男人了吧?"

妻子瞬间显出惊恐的神情。

"有就直说好了,不必遮遮掩掩的。"

"你怎么说出这种话?"

修平像是等好了这句话似的点点头,继续说道:

"这些我本来不打算讲的。先是有男人莫名其妙地打来电话,下雨那天又是男人把你送回家,还有……"

也许是因为被人揭发了罪状而情绪激动,房子握紧的拳头竟微微地颤抖了起来。

"你当我眼睛瞎吗?别把我当个傻瓜!"

修平一时间感觉自己变成了检察官,把一直以来握在手里的证据一口气全抛出来,不给她辩解的机会,只管把她打得落花流水,这等快事可是千载难逢啊!

正自鸣得意,想要抽口烟,妻子一下子叫了起来:

"你也别当我是傻瓜!"

"什么?"

修平回过头,只见妻子眼里充满了泪水,紧握的双手哆嗦个不停。老实说,修平还是第一次看到妻子这么激动。平时的她,总是一副冷静甚至冷淡的样子,现在竟像是完全换了一个人。也许妻子之前一直在压抑着自己的情绪吧。

"你干的那些事我全都知道!那个女人是个有夫之妇,你们每周都会见面,这次也是从一开始就打算带她去札幌的!……"

"你住口……"

修平担心被隔壁邻居听到,房子却没有停下来的意思。

"我才不要!别以为能瞒得了我!"

"我没瞒你什么!"

"明明做了那么多偷偷摸摸的事还说没有?!"

妻子向前凑了一步,继续数落道:

"偷偷买机票,偷偷打电话,今天早上明明就在你身边,你还装作没有的样子!……"

现在已经是口不择言了,以战争来说,现在过了扫射的阶段,已经进入肉搏战了。

"你也真是的!把弘美一个人留在家里,还借口有急事,其实是到大阪跟那个男人约会去吧?"

"哪个男人?你在说什么!"

"打电话的那个男人。瘦瘦的,头发长长的,你要是喜欢那种类型,就跟他在一起好了!"

"你也去和那个脏女人一起吧!"

"你说谁脏?!"

"说你!"

"你才脏!"

妻子闻言一下子跌坐在旁边的椅子上,低下头双手捂住脸大哭了起来。呜呜的哭声犹如低沉的笛音,肩膀也随之微微地颤抖。

女人的哭声标志着战争的结束。听着妻子的哭声,修平忽然搞不清楚自己刚才到底做了些什么。

从羽田会面到返回家中,修平一直在为妻子的不忠生气,本打算一鼓作气追究到底,不料妻子半路还击,等修平回过神儿来的时候,已经是两败俱伤了。

老实说,修平已经感到了疲惫。在追问妻子的时候,就像是宣读罪状的检察官一样畅快,等自己的丑事也被揭露出来,便不可思议地沦为了阶下囚。

修平站起身来走进厕所。如果继续互戳痛处,情况就不可能得到好转了。相互诋毁,只会让结果越发惨痛。

修平小便回来之后,看到妻子一手攥着手帕,鬼魂附体一般目光涣散、表情呆滞。是因为被丈夫揭穿了情人的事而发了狂,还是尚未平复激动的心情?不管怎样,那都是修平从未见过的可怕表情。

"不管怎么说……"

修平嘟囔了一句,为了缓和一下气氛,他走到水池边喝了杯水。

"再好好想想今天的事吧。"

并不是要将其束之高阁,只不过觉得暂时休战更为妥当。再继续战下去,只会两败俱伤,让彼此身心俱疲。

"好不好啊?"

修平追问了一句,妻子依然呆坐着没有回音。

"快睡吧……"

修平刚一出口,便意识到这话跟现在的气氛极不协调,就像是要劝她跟自己上床似的。以现在的状况,房子虽不至于错意,可总觉得太不合时宜了。

修平丢下依然呆坐在椅子上的妻子,一个人进了卧室。

屋子里果然是一片黑暗,被褥也没有铺好。若在平时,修平还可以叫房子来铺被子,不过今天这样的争吵过后,是无论如何也开不了口的。

不得已，修平拉开拉门铺上自己的被褥，又换上了睡衣。

修平摘下手表瞧了一眼，已经十二点多了。漫长而痛苦的一天终于要过去了。

修平一躺到床上，就抓住被子的一角缩到了墙的一侧。

这样让开中间的部分，就算妻子也铺上了被子，两个人之间也能保持足够的空间。修平关掉房间的大灯，只留下枕边的台灯，后来觉得还是太亮，便又关了台灯，房间随之陷入一片漆黑之中。

旁边的屋子里没有半点动静，妻子还在发呆吗?

修平仰面躺着，看着黑暗中的天花板，不禁叹了口气。

夫妻之间相互谩骂的结果，不过是互相承认了各自外遇的事实。修平本以为房子会稍作反抗掩饰一番的，没想到她那么痛快地承认了。虽然没有明说自己在外有了男人，刚刚那句"你也去和那个脏女人一起吧"无异于承认了自己也有外遇。

"原来如此……"

修平心里清楚他和房子之间出现了相当严重的问题，可是他却没有一丝力气去认真地思考。

窗外传来阵阵小鸟的啼鸣，夹杂着打高尔夫击球的声音。

听到窗外的嘈杂声，修平才意识到自己已经回到了东京。

昨晚还身处札幌的旅馆，而现在，这里毫无疑问是等等力的公寓卧室。

这击球的声音是从街道对面的院子里传来的，公寓的主人搭了个球网，正在练习高尔夫球。

枕边的台灯虽是关着的，但从窗子边缝透进来的阳光依然能让房间里的一切清晰可见。

修平仰面躺在地铺上,左边是一面白色墙壁,中间摆着和式衣柜、欧式衣柜,再往前便是梳妆台,它的对面是通往客厅的拉门,而拉门的前面铺着另一床棉被,妻子正背对自己睡在上面。

看着妻子的背影,修平想起了昨夜的事。

昨天从札幌回到家吃了晚饭之后,他和妻子发生了激烈的争吵。那不是普通的夫妻吵架,而是双方责问彼此有无外遇的严重争吵。

结婚十七年来,这种赤裸裸的情感冲突还是第一次。

到最后修平厌烦了那样的自己先来休息的时候,妻子还是醒着的。

修平不知道妻子何时进房间休息的,看她睡着的样子,大概也没多久吧。

这清晨寂静的卧室里有着一如既往的安详。非要说出个不同之处的话,便是两个人被子中间那近于平时两倍的空当。

昨晚是修平先睡的,那么留出空当铺被子的便是妻子房子了。

不过,为了空出间隙,修平是在比平时靠墙的地方铺被子的。

想来,眼前的这个空隙算得上是昨夜争吵的残痕了。

看着它,修平的心情渐渐沉重了起来。

如果妻子也起床的话,昨晚的事便会重提。虽不一定会像昨天一样吵起来,但也很难恢复以往的平静了。

渐渐明亮起来的房间里,修平放轻了呼吸。

击球的声音仍在继续着,听那鸟儿婉转的鸣叫,现在还不到六点吧。若在平时,妻子会把闹钟放在枕边,看时间起床,而今天却没有发现闹钟的踪影。是她本就没打算起床,还是太激动忘了摆闹钟？总之，短时间内她是不会起床了。

妻子鼻息均匀地睡着，修平起身在睡衣的外面披件睡袍，随后走向了书房。中途经过客厅的时候发现和平时没有什么两样。昨晚吵架时留在桌上的茶碗和茶壶都已经收拾起来，洗碗池周围也已经打扫干净。

走进书房，修平拉开书桌前的窗帘，坐在了椅子上。

书桌左角的时钟显示时间为六点十分。往常修平会利用现在到早饭的时间看看论文，读读杂志，不过今早是没那个兴致了。不得已，他抽了根烟之后走到门口，把报纸取回来随便翻了翻。之后，修平再度把目光投向窗外。听那清脆的鸟鸣声，还以为会是一个好天气，哪知太阳从云缝间露出来没一会儿，天空便再度覆上了梅雨云。

修平把目光收回到报纸上，从第一版开始看起来。并非有意要看报纸，这样不知所云地看下来，不过是为了掩饰现在的无聊而已。

如此看看报纸抽抽烟，偶尔望望窗外，不觉已到了七点。

平时在这个时间，妻子差不多已经起床，泡了茶或者冲了咖啡送过来了。

然而隔壁的卧室里现在还没有起床的动静。

是昨夜睡得很晚，还是在怄气不起床？不管怎样，都不好把正睡着的妻子叫起来给自己泡茶喝。

修平只好自己到水池边喝了水，然后再一次打开了报纸。

已经快到七点半了，车声和人的嘈杂声通过敞开的窗子传了进来，而刚刚还能听到的击球声却消失了。

抽完第七根烟，修平重重地咳了一声。

修平平时大概八点多出门,如果妻子还想准备早饭的话,现在实在应该起床了。她这样赖着不起,到底打算怎样?

看着时钟,修平不觉得生起气来。

妻子这样既不做饭也不打扫,让修平多少有些伤脑筋。不是不明白她在为了昨晚的事生气,可是她这样做不就相当于把家事置之不理了吗?总之,修平现在不得不去上班了。丈夫心里惦记着工作,她却因这点私事怀恨在心,怠慢本职,这也太自私了吧!

修平突然想冲进房间把妻子怒叱一顿:"你还在磨蹭什么呢!快点起来准备早饭!"如果她反驳,他就继续训斥她:"不管发生什么事,做老婆就要有个老婆的样子!"

因为生气,修平又抽了根烟,在书房里徘徊多次之后,终于听到卧室里有声音传来。修平猛地站定,随后靠到门边仔细倾听:卧室真的有动静了,不久便传来了水流的声音。

妻子终于起来了。修平稍稍仰面坐到椅子上。

既然她已经起床,就没必要着急了,现在最好先不动声色地等一等,观察了对方的动静之后再决定对策。于是修平打开刚刚没有读到的报纸,想象着妻子推门进来时的表情:是坦率地道歉说声"昨晚对不起",还是越发不高兴地摆脸色给自己看?这最开始的表情是最有看头的。

修平又是好奇又是焦急,心神不宁地等着妻子进来跟他说话。

十分钟过去了,十五分钟过去了,妻子还是没有出现。

快到八点了,马上就到出门的时间了。

今天是学会归来的第一天,修平本打算早点出门的。值班的医生们在等他,医院里肯定也新增了不少病人。在这种时候,本不该摆出一副不慌不忙的架势,可是现在修平只能把自己关在房间里等对方先来打招呼。

修平瞄了一眼手表想再等一会儿,可是还是没有半点消息。

她不会不知道他在书房？难道是故意无视他的存在？

这样下去,别说早饭,连换衣服的时间都没有了！

修平忍不住正要咳一声提个醒,外面终于传来了敲门声。

修平一下子转过身背对着门,用极不高兴的声音问道：

"什么事……"

"早饭做好了。"

妻子的声音出奇地平静。修平还以为她会赌气什么都不做呢,不过现在看好像做了早饭。

修平忍住马上冲出去的冲动,把报纸折起来、烟头掐灭之后才慢悠悠地推开了书房的门。

客厅有十个榻榻米宽,他们平时都是在厨房边的餐桌上吃早餐的。修平走来的时候,妻子正把烤好的吐司装进盘子。桌上还摆着火腿煎蛋,杯子里盛满了修平每天早上必喝的蔬菜汁。

修平一句话没说,坐在位子上喝起了蔬菜汁。

妻子从冰箱里取出黄油放到桌子上之后,便一声不响地走进了卧室。

果然是一句话不说,也不朝修平看一眼。看不出特别生气,态度倒像是已经尽了妻子该尽的义务。

修平喝了杯果汁,吃了点火腿煎蛋和吐司之后便站起了身。

已经过了八点,修平快来不及了。

用餐巾擦了擦嘴角,修平走进卧室换衣服,妻子却像是不愿跟他共处一室似的走了出去。

不过衣柜的前面已经准备好了西装和领带。每天早上,修平都是默默地穿上妻子准备好的衣服。只要不是特殊场合,修平是不会自己选衣服的。今早衣柜前挂着的是灰色西装和淡红藏青相间的条纹领带。

修平换好衣服回到客厅,妻子便去阳台给花浇水了。

修平又去了书房,拿了公文包再度出现在客厅时,妻子依然站在阳台上望着那些花草。

平日出门的时候,修平都会打声招呼说声"再见",可是今天妻子的背影里有着不容接近的强硬。

于是修平不得不一个人走到门口换鞋子。穿好之后修平轻轻跺了跺脚告诉妻子他要出门了,可是阳台上的妻子一点反应都没有。等他稍显粗暴地拉开门,妻子还是没有回头。修平故意清了清嗓子,走到走廊用力关上了门。

看她意料之外地做了早饭、准备了西装和领带,还以为她心情多少有了好转,谁知恰恰相反,知道自己的丈夫要出门却连头也不回一下,这是再明显不过的反抗了。看来是修平太乐观了。

细想来,妻子只是尽了身为人妻最基本的义务而已。

"搞不懂啊……"修平走在去车站的路上,不觉出声嘟囔道。

对于昨夜的争吵,妻子到底是怎么看的?

认为是自己的错,还是丈夫的不对?抑或是两个人都应该检讨?

今早起床以后,妻子只说了一句话:"早饭做好了。"除此之外,再没有开口说话,这让修平无法从言语上揣摩她的心思。

不过以她固守沉默的样子,可以肯定她没有丝毫反省或者道歉的意思。既然如此,她若是能单刀直入地挑明倒也好啊。是已经没了动怒的力气还是羞于启齿?不管怎样,既然她是这么打算的,那自己也不需要低三下四地降低姿态了。

修平如此告诫自己,上了电车。

今天一整天,修平都忙得不可开交。

因学会离开了六天,回来的时候,医院里新增了很多病人。有人住院,也有人拿着新的检查结果等修平的进一步诊断。修平需要对每一个人进行精准的诊断并确定今后的治疗方案。而午后更是连续进行了三个因学会延期的手术,等这一切忙完,已经是六点钟了。

不过幸好如此,修平暂时忘记了和妻子之间的不快。

手术结束洗过澡、回到主任办公室得以喘口气的时候,修平想起了昨夜的争吵。

修平抽着烟想着接下来该怎么做,这时昨夜的争吵再次浮现在脑海里。

坦白说,昨夜还在和妻子争吵的时候,他便认定了妻子会作出让步。或者说,是他希望如此。然而过了一夜,今早她的不悦仍是溢于言表。

他和别的女人一起下飞机确实不妥,可妻子也是从大阪风流回来的,两人不过是半斤八两罢了。

哦不,夫妇同时出轨则妻子的罪过更为深重,并非五五对半,而是四对六,甚至是二对八。

再怎么想,修平也不认为男女出轨可以等量齐观。

直接从男女的性行为上看就可以一目了然了。男人的性是释放,女人的性是接受。结束之后,男人不会留下任何痕迹,而女人的体内则会有某种形式的残留。生理上如此,情感上说也是女人外遇比男人更过分。简单说,没有爱情男人照样可以做爱,而女人没有爱情则无法以身相许。反过来说,女人一旦献身便说明已经心有所属。肉体上留痕心灵上出轨,基于此,可以说女人外遇罪孽更为深重。

修平最终总是能绕到这个结论上去。

身负如此大的罪过却不低头道歉,这也太傲慢了吧。

修平的脑海中再次浮现出妻子在阳台上料理花草时的背影。

她穿件碎花洋装,腰上配条黑色皮带,不知是不是心理作用,修平感觉妻子的腰部丰满了一些。她原本十分清瘦,胸部也很小,以前总觉得她没有女人味,可是最近胸部似乎丰满了起来,皮肤也白皙了不少。

难道这些都是被其他男人爱恋的结果吗?

"太过分了……"

修平忽然觉得自己被那个男人当成了傻瓜,一下子热血沸腾起来。

"我可是个优秀的医生!"

陌生人听到可能会一下子笑出声来,不过修平可是认真的。

"我可不输给你这个装嫩的家伙!"

话一出口,修平连忙看了看周围。

正是因为没人才说出口的,不过万一被人听到一个四十多岁的男人还说这样的话,估计会被人笑死的。虽说是因为妻子情人的事过于激动,但那还是太令人难堪了。

而且,下班之后还要回到那个阴云笼罩的家,实在是很郁闷的事。

以往这个时候,修平打电话说一声"我马上回家了",妻子就会准备好晚饭,不回家吃饭的时候也只需要交代一声"晚点回家",便可以安心地喝酒去了。

可是今天,就算回去了也会不得安宁的。一想到还要看妻子的脸色便觉得丧气,而且就算她准备了晚饭,如果像早上那样一言不发的话,也会让人食之无味。

"怎么办才好……"

想来想去也没个好主意。做了几个手术之后,肚子已经在唱空城计了。

现在这个时候,医院办公室里的年轻医生们正在喝着小酒,和他们一起喝喝酒叫点外卖随便吃吃算了吧。

话是这么说,修平还是提不起一点儿兴致。

以往也有做手术到很晚不得不在医院吃饭的时候,这并不是今天才有的事,可这叫外卖的想法一出现,心里就一下子变得空落落的,有种孤身一人被遗弃的孤独感。

"还是因为回不了家啊……"

就这样望着夜色渐浓的窗外,桌上的电话铃忽然响了起来。

修平慢条斯理地收回视线,拿起电话,是叶子的声音。

"还在医院呀。"

听到这声音,修平才意识到今天一天都没有想起叶子来。

"工作已经结束了吗?"

"刚刚结束……"

"那你一会儿就直接回家了吧?"叶子似乎话里有话。

"也不一定。"

"可是你太太在等着你呀。"

看样子,叶子还是介意了昨晚在机场碰到妻子的事。修平虽然很想找个借口,可是托昨夜争吵的福,现在脑子里全是那个时候的事。

"昨晚对不起了。"

"不用,反正也就那么回事儿。"

"那么回事儿……"

"到底还是你们事先约好的吧?"

"不是的!是她们自己来的,我不可能叫她们来啊。"

"是吗……"

"和你一起回来,我怎么可能特意叫她们过来……"

"我知道啦,不过还真没见过你那么慌张的样子呢。"听筒里忽然传来叶子的笑声。

被她这么一说,修平又是一阵郁闷。

"不过你太太还是挺爱你的嘛。"

"为什么……"

"把孩子夹在中间,看你们夫妻俩还真是般配呢。"

对这样的曲解,修平完全不想解释。正觉得心烦,一个冷冰冰的声音忽然传来:

"什么妻子有外遇了眼看就要分手了,这话你说过的吧?"

"这是真的!"

"请你不要再信口胡说了!我,不是你们的玩物!"

说到这里,叶子"砰"的一声挂断了电话。

修平慢慢地放下听筒,胳膊交叉抱在胸前。

看来要从此失去妻子和叶子两个女人的信任了。

对叶子,如果再解释解释也许她会理解的,不过妻子就难办了。

修平茫然若失地愣了一会儿，随后回过神儿来，把视线投向了窗外。

先前稍显暮色的庭院已经被暗夜笼罩，只有对面病房的白墙淡淡地浮现在夜色中。

昨天的这个时候，他正和叶子两个人在北海道享受着旅行的余味。然而仅仅一天之隔，境遇就发生了如此大的转变。把昨天和今天的同一时刻一对比，简直是一个天堂一个地狱。

"可把我难住了……"

修平嘟囔着靠到椅子上，仰面望着屋顶。

叶子固然重要，然而当务之急还是妻子的事。

要怎么改善昨晚的状况呢？

如果妻子真的有了中意的男人，应该趁这个机会彻底地盘问妻子的想法。

可是妻子会坦白交代吗？如果她不交代，那么对方是个什么样的男人，从什么时候开始亲近的，以及平时在哪里幽会等等，这些都必须找家侦探所调查一番才行。

"可是……"

修平想到这里，又愣了愣。

让侦探所去调查妻子的行踪，这事说起来也太寒碜了吧。这样就等于是自己承认被女人背叛的事实了。

而且就算调查了，结果也不会改变。昨夜争吵的时候，她已经承认了她外面有男人。还是免了那些无用功，直接问问妻子的真实想法就好了。

她是打算跟那个男人继续保持关系，还是想借这个机会跟他一刀两断呢？

如果妻子诚恳地道歉,他该怎么做呢?或者恰恰相反,妻子郑重表示不跟他分手又该如何?

何况追问得太紧,她也可能反击:

"你和那个女人到底是什么关系?你是打算跟她分手还是继续联系?"

这个时候他应该怎么回答?说"你分手我就分手"吗?还是让妻子跟那个男人了断之后再说?

无论如何,放任不管是解决不了问题的。

修平又抱了抱肩膀,闭上了眼睛。

既然如此,倒不如跟朋友广濑商量商量。那个家伙跟各式各样的女人都有过交往,已经身经百战,没准儿他会有好办法。

不过就算跟别人商量了,最后做决定的还是自己。

修平忽然懒得再想下去了。

现在在这儿想再多也无济于事,有那个工夫还不如去喝酒,一醉解千愁。

实际上,以今早出门时的情形,不喝酒是回不了家的。

尤其让修平郁闷的是,回家之后只有他和妻子两个人。如果女儿在的话,还能起到缓冲作用,缓和缓和气氛。不过,今晚是指望不上了。

既然如此,不管妻子是不是睡了,喝得烂醉后再回去是最佳方案。到时候,不管她说什么,自己都直接往被子里钻,只要醉了,倒头就能睡着了。

"好!"

今晚的方案既定,修平阔步走向办公室,找那些年轻医生们喝酒去了。

第五章　冷夏

　　速见房子吃过早饭之后收拾了一下房间，看了一眼挂在白色墙壁上的钟表，已经十点了。

　　每天早上一到这个时候，家的周围就会变得安静起来。先前因上班上学而闹哄哄的大街已看不到人影，来往的车辆也渐渐销声匿迹了，不久会有人来换报纸或取干洗店的订单，不过那还要再等一会儿。现在正是上午最安静的时候。

　　房子每天差不多就是在这个时候离开家的。

　　编辑工作本就没有严格的上班时间。上班途中如果需要去别处取底稿，那么过了十二点再去公司也没有关系。不过，晚上经常会搞到很晚。别说七八点，碰到校对的日子，过了十一点、十二点才下班的时候也有。

　　房子以前是公司的正式员工，现在则属于临时编制，只帮忙做些编辑工作，所以搞到很晚的时候并不多，到傍晚，最迟六点左右就可以回家了，如果工作比较赶的话，在家里做也没有关系。临时编制在公司虽没什么地位，但是相对比较轻松。

房子今早本打算十点多出门的。上午报销昨天的差旅费之后下午把录音带上的内容写到稿纸上。

不过现在的房子一点儿也不想出门工作。

虽然稿子明后天就要交了,但是她的心思完全不在这件事上。

应该如何处理昨夜和丈夫的争吵呢?房子一想到这件事便心乱如麻。比起工作,这件事才是当务之急。

十点十分的时候,房子拿起了电话。

来电话的是与房子在同一家公司工作的驹井由美。由美跟房子同一年进公司,结婚之后继续工作,现在是一份青年杂志的主编。她在公司的地位比房子要高一些,不过因为她们从小就彼此熟悉,所以不管是工作的事还是家庭的事,两人总是无话不谈。

昨晚被丈夫追问的时候,房子之所以提起由美的名字,说是一起去大阪的同伴,也是考虑到由美能随机应变比较让人放心。

事实上,由美昨天非但没有去大阪,而且因为赶着校对杂志,可能加班到很晚。

今天早上房子之所以忍耐到十点多才打电话给她,也是觉得太早把她吵醒不合适。

十点刚过,房子就按捺不住了。就算她现在还在睡,也非得把她吵醒不可。

房子拨通了由美家的电话。果然不出所料,铃声响了很久,才传来由美的声音:

"怎么了?不是才十点吗?"

"对不起啦,我遇到了麻烦,想马上跟你谈谈!"

房子像是抓住了救命稻草一般,对着听筒说了一通之后,开始讲述昨夜争吵的经过。

不知从哪里说起比较好,还是先从丈夫和一个女人一起下飞机说起吧。

"表面上说是什么学会,实际上是带女人玩去了!你说这是不是很过分!"

房子本打算冷静地讲述出来,可是越说越激动,昨夜的怒气再一次涌上心头。

"我一开始就知道他在和那个女人交往……"

"所以你就跑去机场了?"

"两个人果然都大吃了一惊,那个女人做贼似的逃走了。"

房子想说的是后来回家之后发生的事。那么晚让她做了饭,之后他还叫嚣说让她别干见不得人的事,还吓唬她说什么都知道了!这简直就像是无赖的威胁!

"太委屈了,所以我要还击!"

房子一口气说完了他们的争吵,这下由美总算是醒过来了,嘴里说着"然后呢""之后呢"不停地催促她说下去。

这样前前后后讲了一通之后,房子多少定下心来了。

"昨天差一点就离家出走去你那里了呢。"

"你丈夫现在已经出门了吗?"

"嗯,还给他做了早饭,不过一句话也没说。"

"那就是不折不扣的冷战啊!"

"哪里是冷战,我们怕是要完了……"

"这可不能随便下结论呀!"

"可是,如果知道女人有了外遇,男人是不会原谅的吧……"

"你明明白白地说你在外面有人了吗?"

"没说,但是……"

"那不就是还不知道吗?"

"但是看他那自信的样子,可能已经派侦探调查过了,再加上那个人性子又急,很可能会提出离婚的!"

"你要镇定一点!"

被由美这么一说,房子不禁想要流泪,赶紧用手指按了按眼角。

"不会那么容易就离婚的。"

"还有,你跟松永说过了吗?"由美像是从床上起来了,过了一会儿才说道。

"我是想先跟你商量一下的。这件事应该跟他说吗?"

"你丈夫知道松永的事吗?"

"我想多半是不知道吧……"

"那还是不要告诉松永,这事儿跟他没关系。"

松永的名字一出现,房子的心头又是一紧。

"把事情搞成这样,我真蠢啊……"

现在回想起来,到机场接他完全是一个错误。当时她是怀着好奇心,想也许能碰巧看到那个女人,甚至不怀好意地想要看看这两个人知道妻女过来迎接时的狼狈相。不可否认的是,她内心深处是想要借此来报复一下玩性不改的丈夫。

然而这哪里是惩罚他们,反倒把自己逼到了走投无路的窘境。虽然已经搞得他们够狼狈了,但是事情做过了头,问题一下子变得相当严峻。

"我实在不应该去机场……"

"那倒是真的,到那去也不像你的风格。"因为是房子的挚友,由美直言不讳地指了出来。

"就算看到他们在一起也没有一点儿好处。"

"可是放任不管的话,我不就任由他们欺负了?"

"我很理解你的心情,可是弘美也一起去了吧?"

"是啊,我想那孩子一定吓呆了。"

"你实在不应该让孩子见到这样的场面。"

这么一说,房子也无言以对了。这也确实是房子正在反省的地方。"但是,我还是不觉得过分!那两个人那么堂而皇之地肩并肩走出来,看他的样子还像是护着那个女人似的。"

"啊,等一下……"

由美那边好像有人来了,房子听到了门铃的声音,电话便暂时中断了。房子手里拿着电话看了看表,已经十点半了。

从开始打电话到现在已经过了二十分钟了。

"对不起!好了!"再次传来了由美的声音。

"现在正忙着校对吧?"

"没关系,昨晚加班到很晚,所以今天大家都是下午才去上班。"

"男人真是太为所欲为了!"一听说有时间,房子便继续之前的话题。

"自己在外面随意拈花惹草,妻子稍微玩一玩就大吵大闹!"

"我家这位也是一样呀!"

由美的丈夫比修平小一岁,可能是因为没有孩子,看起来要比修平年轻五六岁。他在广告公司工作,待人热情且十分健谈,不过由美说他可不是个省油的灯。

"他说男人怎么玩都没关系,女人玩就是不行!"

说着说着,房子又生起气来。

"一开始还不是因为他不好！"

和松永约会确实是自己不对，可是最初还不是因为丈夫太为所欲为了！把妻子晾在一边，对别的女人鬼迷心窍，看着这样的丈夫，房子不禁也想要试试看。倒不是为了报复，只不过丈夫的行为激发了她那种玩玩也无所谓的情绪。当然，不能否认她也很想体验一下和丈夫以外的男人沉浸于危险气氛时心跳的感觉。

"净挑些对自己有利的话说！"

"他说男人怎么玩都可以？"

"那借口离奇得很呢！说什么男人外遇只不过是逢场作戏，女人一旦红杏出墙就会万劫不复，没办法简单收场！"

"才没那回事儿呢……"

"就是嘛！不是也有因为外遇不能自拔的男人嘛！"

"还有把房子甚至土地抵押出去供女人挥霍，最后被女人甩了自杀的呢……"

"还有人要挟女的跟他结婚，如果不从就杀了她的……有的即使没到这种程度，也轻易就抛弃了糟糠之妻。这些人一开始不都是随便玩玩的吗？如果女人做了这样的事，他们男人就会像抓到了什么把柄一样大吵大闹。"

这两个女编辑，平时最恨男权当道，现在谈起这个话题，两个人更是一拍即合。

"女人也会逢场作戏！"

房子这话一出口，赶紧朝周围看了看。说了这么冒失的话，不管是被谁听到都会觉得难为情。当然家里一个人也没有，房子放下心来松了一口气。这时由美问道：

"不过，你和松永只是玩玩吗？"

"这个……"

房子的话说到一半又吞了回去。她确实已经把身子给了他，但是也没想过进一步沉沦下去跟他同居或者结婚。这样说来，这确实是"玩玩"，但是要这么斩钉截铁地说出口，还是觉得很可惜。

"应该是所谓的性伴侣吧。"

这种说法也有点牵强，但总比说成是"玩玩"好一些。

"你没想过将来和他在一起吗？"

"怎么会……"

房子手握着听筒，使劲儿地摇摇头。

"那不是很愚蠢嘛！"

松永是个自由摄影师，在女性杂志的工作很多，由美跟他也比较熟悉。他工作认真，摄影技术精湛，但他身上的一些艺术家气质让人觉得他不太好相处。三十八岁正是摄影师的鼎盛时期，不过公司里的年轻编辑大多对他敬而远之，唯独房子偏爱他掩藏在孤僻个性背后的纤细特质。

"他和你丈夫是不同类型的吧？"

由美说得没错。丈夫修平身材魁梧，富有男子气概，但是有些独断专行。作为一个医生，他事业上一帆风顺，不曾经历过什么挫折。相比之下，松永瘦长高挑，个性孤僻，感情也比较脆弱，如果不照顾他，他就会让人担心。可以说正因为他是与丈夫完全不同的类型，房子才被他吸引。不过话虽如此，也还没到要和他患难与共的程度。

"还真是头疼啊……"由美的话让房子重新意识到她和丈夫激烈争吵的核心问题了。

"那接下来怎么做？"

"就是因为不知道才打电话给你呀。"

换报纸的叫卖声从窗外传来,时钟的指针已经指向十点五十分了。

不得不出门了,不过以房子现在的状态,就算到了公司,也没法好好工作。

"总得想个办法……"

嘴上嘟囔着也于事无补。本来嘛,争吵的对象是丈夫,不可能和毫无关系的由美说说话就能解决问题。不过对由美倾诉了一番之后,心情确实平静了不少。

"你工作怎么办?"

"现在必须出门了,要报销差旅费,还要把采访录音写成稿子……"

"那些在家做不就行了?"

由美说得没错,不过如果继续待在家里,她只会越来越消沉。

"觉得好凄惨呀……"

"还是不要想得太严重比较好,你丈夫肯定也在后悔呢。"

"为什么?他会后悔?"

"还不是因为他花心在先嘛!最根本的缘故还是在他。"

房子觉得这个理由多少有些牵强,不过这样一想,她的心情也确实轻松了一些。

"他不是那种讲道理的人呀!他觉得男人偷情无所谓,女人就必须守妇道……"

"这我也知道,不过他心里肯定知道自己不对。"

由美是个局外人,说起话来自然轻松,不过事情不可能那么乐观。

"你好好想想,他已经明明白白地指出我在外面有男人了呀。"

"……"

"尽管如此,我还是要跟他在同一个屋檐下,一起吃饭,一起睡觉……"

这样说着,房子忽然觉得自己待在这个屋子里就是个错误。

"以后到底怎么办才好啊?"

突然这样问,由美一时也不知如何回答了。停了一会儿之后,她用教导的语气说:

"无论如何,除了静观其变也没别的办法了。"

"也就是说,我要待在家里,给他做饭,两个人一声不吭地看电视,晚上还把被褥分开背对背睡觉?"

"用不着那么别扭呀,泡泡茶、谈谈弘美什么的,除了吵架还有很多话题嘛。"

"这些都要我主动做吗?"

"既然一起生活,这也是没办法的呀。"

"可是凭什么要我去讨好他?是他先背叛我的!那不是一天两天的事,他和那个女人已经相好两年了!他根本就没把我当成是女人,只不过是个佣人而已!我凭什么还要去讨好他?"

房子一口气说下来,由美不得不打断了她:

"你稍微冷静一下吧。这么激动可不像你。"

这么一说,房子也突然感到有些不好意思。

"你丈夫背叛了你,你不是也背叛你丈夫了?"

"我和他可不一样,我只是不甘心,觉得寂寞才……"

"不管什么理由,既然他知道了你和松永交往的事,就是同样有错吧?"

房子不知道他们是不是同样有错,但是有一点很清楚,那就是她确实对松永有好感。

"现在再来讨论谁对谁错已经毫无意义了,每个人都有自己的借口,把它们拿出来争吵是解决不了问题的。男女之间的问题终究是双方的问题,这个我不是跟你说过了吗?"

因旁观而轻松,由美冷静得可憎,不过之前她们确实谈过这个问题。

"你冷静一点,把这件事放一放吧。"

"可是我们之间有现实存在着呀,今晚他就会回家,我必须和他在一起生活呀!"

"那不好吗?"

"你说什么?"

"你不会为此杀人或者被他杀了吧?"

"怎么会……"

"你丈夫心里明白的。"

"明白什么……"

"明白是他自己的过错,那么优秀的人嘛。"

"不是的……"

房子还想说些什么,这时由美无精打采地发了话。

"哎,已经十一点了,一会儿再打电话怎么样?"

"为什么?"

"想休息一会儿……"

房子和由美是多年的朋友,说话向来直言不讳,不过有时候也会因此忽略对方的感受,看来由美多半是厌倦了这些夫妻吵架的牢骚。

"对不起,挂电话啦?"

这对于正在烦恼着的人来说确实有些冷漠,不过这也是由美的爽朗之处。

"那再见啦。"

电话"叮"的一声挂断了,房子把听筒放回去,感到一股疲惫袭来,坐在沙发上闭上了眼睛。

洗了洗泪痕满面的脸,房子做好了出门的准备。而此时已经是中午了。看样子,到公司就要接近下午一点钟了。

公司没有明确上班的时间,虽然不必慌张,但还是先打声招呼比较妥当。

房子定了定心,给主编打了个电话。

"昨天从大阪采访回来了。"

是有关拥有双职工最多社区的报道,那原本是主编的提案。

"时间不多,我没有办法一一采访,不过已经收集了大部分人的意见。"

"那很好啊,辛苦你了!"

主编比房子小两岁,因此跟她说话比较客气。

房子跟她报告说下午到公司,在一两天之内整理好底稿,之后又问道:

"还有……"

"还有什么?"

"没,没什么……"

本想问一问照片的事,可是话说到一半又吞了回去。本来就不是文艺报道,找些具有当地特色的社区远景和游乐园,或者主妇们去上班的照片就够了。

而房子之所以没有说出口,是因为同行的摄影师是松永。

公司里应该没有人察觉到房子和松永的关系,只知道他们脾气合得来,经常一起搭档,但是不会想到他们是男女关系。而且,甚至有的年轻编辑认为房子是看他不得人缘,工作又少,基于同情才让他拍照片的。

只有由美对此心知肚明,不过她不是随便跟人咬耳根的人。

因此,主编也不太可能知道她和松永的事,但是总觉得一旦提及照片,人家就会察觉到昨晚的事,便只能默不作声了。

挂断电话,拉上阳台的窗帘,房子开始考虑要不要给松永打个电话。

是现在打,还是到了公司再打呢?

今天和松永并没有非见面不可的要紧事,照片的事昨天已经商量好,要明天才能弄好。

可是今早起床的时候房子就想打电话给松永了,坦白说,她首先想到的不是给由美,而是给松永打电话。

可是一旦打通了,要从何说起呢?

"昨天晚上和丈夫大吵了一架,整夜都没睡好。""我丈夫已经察觉到你了,他很可能打电话给你。""我们可能会因此分手。""这些都怪你。"可能的话,房子真想把这些话一股脑儿说给他听。可是这些话一旦出口,原本可爱的淑女就会变成任性自私、只会推卸责任的恶女人。

拉上阳台和厨房旁边的窗帘,在透过窗帘涌进的阳光中,房间恢复了宁静。

而房子陷入其中,再度迷茫起来。

以现在的情况来看,能够设身处地地为她排忧解难的只有松永一个人。由美虽是情投意合的朋友,但她毕竟是女朋友,到最后还是甩了一句"随你便"严厉地拒绝了。

如果是松永,他会立刻跑过来认真地为她打算。幸好松永四年前离婚了,一个人住在高井户的公寓里,所以打电话很方便。

如果对他说有事要商量,他必定会穿上他那件黑夹克,梳起他的一头长发轻轻地靠过来。

听了她的叙述,松永必定会叹口气,喃喃自语道:"这该怎么办……"

他不是那种会说出"交给我吧""不必担心"这些承担责任的话的男人。倒不是说他逃避责任,而是他本就没有那样的男子气概。所以在她烦恼的时候,他总能成为一个贴心的倾诉对象。他的温柔和周到可能要比由美强上好几个档次。

实际上,令房子醉心的也正是松永的温和。他那饱经沧桑的优雅,是一生一帆风顺的丈夫所不具备的。

理所当然的,两个人在一起的契机也是房子主动居多。两人因公出差仙台的那个晚上,在旅馆酒吧喝了些酒之后,房子忽然很想撒撒娇,放纵一次,便径直去了松永的房间。与其说是恋上了松永,倒不如说是丈夫以外的男人近在身边,她沉浸于那种心跳的感觉不能自拔,不知不觉中放开了自己。

从那以后,与其说是依赖松永,不如说是她沉醉于那份男性的关怀。

这一次她也并不认为责任在松永,只不过是想说给他听撒撒娇罢了。

无论如何,还是告诉他比较好。

房子刚到门口,又转身走了回来。打电话还是在家里比较方便,如果在公司打,她又担心被别人听到。

房子回到客厅拿起电话听筒。松永说今天到傍晚都没有工作,那么他现在应该在家里。

用手指按下那个熟记于心的号码,铃声响了三声之后,松永的声音传来:

"喂……"

一听到松永的声音,房子不由自主地把听筒拿离了耳边。

"喂,这是松永。"

没有回音,松永似乎有些不耐烦。当他第二次问的时候,房子放下电话长吁了口气。

现在的松永一定正在因为这个无端挂掉的电话而感到莫名其妙。是恶作剧还是有什么特殊的含义,敏感的松永一定会明白的。

房子一厢情愿地坐到沙发上等松永的电话。他也应该知道她丈夫白天不在家。

然而五分钟过去了,十分钟又过去了,电话铃声依然没有响起。房子一边想着自己什么都没有说,松永自然不会打电话过来,一边又渐渐地恨起他的不理不睬。

我在这里干等着,你就不能打个电话过来吗?真是个没心没肺又自闭的家伙。

房子任性地下了这样一个结论后,站起身来,看向了外面。

透过花边窗帘,初夏晴朗的天空一望无际。低矮的屋顶彼此相连,前方可以看到绿网的边缘,那里便是高尔夫球练习场,假日的时候丈夫经常会去那里练习高尔夫球。

想到这里,房子自言自语道:

"也许没有和松永通电话是明智的。现在就算和他见面商量也解决不了问题，只会徒增他的压力。"

"坚强一点！"

房子这样告诉自己，再次拿起皮包走向门口。

从御茶之水车站向骏河台下面的交叉路口步行五分钟，便是房子的公司。从前灰色古旧的大楼，自从两年前改建之后，现在已经翻新成了玻璃墙面的现代化大厦。因为一楼是妇女用品商店和咖啡厅，所以有很多人从楼前经过却不知道上面还有个出版社。

大厦的内部格局和外观一样规整，入口处会给人商社或者银行的印象。房子虽然欣赏新楼的整洁，但同时也很怀念旧楼杂乱的氛围。

走廊里贴满各式布告、广告，房间里堆满书籍和底稿，地板上飞扬起散落的纸片，还是这样的出版社更让人踏实。大楼翻新，又添置了传真机和打字机，在现代化的同时，出版社过去的氛围也消失殆尽了。

房子所在的《女性月刊》编辑部在大楼的四楼。因大楼纵深细长，这一层楼全部都作为女性杂志的编辑部了。

房子乘咖啡厅旁边的电梯上了四楼，推开前面第二个门走了进去。正式编辑有十个人，主编可能有事，不在编辑部。

房子和他们简短地打了声招呼，便走到右边一排书柜前面的书桌前坐了下来。

那里并不是房子的办公桌，但是她坐在那里也没有人不满意。这就是所谓的编外编辑的专用办公桌。

房子刚刚坐下喘了口气，对面的福田立刻搭话：

"昨天很辛苦吧？"

房子一时间以为昨夜的夫妻争吵已经众所周知，表情一下子僵住了。不过他说的似乎是另一件事：

"因为主妇们的话总是让人不得要领。"

他像是从主编那里听说了昨天去采访社区主妇的事情。

"没有呀，她们很配合。"

若是有人说她和松永一起共事让她很辛苦，这话反而会让房子心里不痛快。

和同事的对话到此结束，房子开始写出差报告。

公司规定，因公事外出的人员，一定要提交费用的明细表。记下交通费、住宿费以及中途所需的各项费用，连同收据一起上交。有些人会借机虚报，中饱私囊，不过房子总是会清楚记下实际花销。和松永在一起的时候尤其分毫不差。在她心里，两个人已经获得了出去旅行的机会，就更没资格要求其他的特权了。

报告完成的时候已经是下午两点钟了，房子却没有一点食欲。正准备把采访录音写成稿子，由美的电话来了。

"你还是来上班了啊。"

由美的编辑部在三楼。

"我也是半个小时前到的，到楼下喝杯咖啡怎么样？"

由美像是因为自己刚才挂断了电话而感到不好意思。

房子在黑板上留言之后，便去了一楼的咖啡厅。由美已先一步等在那里了。

"看起来还挺精神的嘛。"

"是吗……"

以现在的心情，房子恨不得变成悲剧的女主角，可是既然来到了公司就不应该把这些不快挂在脸上。

"你丈夫有和你联系吗?"已经过了午休的时间,咖啡店里的客人并不多,不过由美还是压低了声音。

"没有……"

"要我打个电话吗?"

"为什么?"

"就说是和我一起去大阪的……"

房子摇了摇头。事到如今,再用这种息事宁人的办法已经不能改善两个人的关系了。已经到了这个地步,她不想再做辩解了。

"可是,他是怎么知道的呢?"

由美点了一支薄荷香烟,说道:

"还是让侦探所调查过了吧。"

房子开始也这么想,不过看样子丈夫早就留意她这方面的心思了。

"这都是我的错呀!"

房子垂下了头,由美却抱着胳膊说道:

"这不是一个人的错!"

如果房子强调自己是受害者,由美会生气,可是房子这样轻易地单方面承担错误,也有违她维护女性地位的立场。

"责任是双方的,你没必要一个人道歉。"

此时,咖啡厅的门开了,走进来两个男人,由美看他们不是公司的同事,便继续说道:

"你不会想和松永见面吧?"

"为什么这么说?"

"已经打过电话了?"

"没有……"

"但是想打,是吗?"

被人说中了心事,房子一下子没了声音。这时由美用她修长的手指揉熄了香烟,继续说道:

"现在你们不能见面,见了面就输了。吵架的时候可不能给对方制造口实啊。"

房子不是不明白由美的话,可是现在的房子并没有那么高的斗志。

"我没那么坚强啊。"

比起跟丈夫争个高低,现在房子更需要考虑的是今后该怎么办。

"女人真是无处可去呀。"

"要去哪里?"

"这个时候我真想出去散散心……"

"离开家的不应该是你。女人还是应该老实地待在家里。"

"现在对工作对自己都感到厌烦……"

"你一定要坚强一点。我一直都站在你这一边!"

由美确实是好朋友,不过当事人和旁观者终究是不一样的。

"谢谢你……"

向由美道谢之后,两人便分开了。房子回到编辑部重新开始工作,不过根本不在状态,手中的笔虽然记着录音带里的内容,对其重点却丝毫不知。看上去是在工作,实际上脑子里一片空白。

不过她还是磨蹭到了傍晚,她想松永可能会打电话过来。

过了五点,一半的同事都已经走了,房子也停止了手上的工作准备回家。

"辛苦了。"

跟同事们打过招呼,出了公司走在去车站的路上时,房子忽然意识到自己正不知不觉地朝家的方向走。

上午,不愿再待在那个地方,逃也似的离开了家,然而不到半天的时间,竟又想回去了。

"除了那里,我真的无处可去了吗?"她的心一下子被寂寞俘获了。

原来真的是无处可去。

由美知道整个事情的始末,可是她今晚要忙着校稿;现在联系大学时代的朋友们又嫌太晚,再说,就算和她们聊聊也解决不了问题。

那干脆去品川的妹妹家或者横滨的婶婶家吧,不过这样就必须说明突然到访的缘故。向大家解释和丈夫之间的来龙去脉太麻烦,而且这就不得不把自己的不忠公之于众了。绝不能让多年来自己兼顾家庭和事业的女强人形象毁于一旦啊!

如果弘美在还可以缓和气氛,可是女儿昨天才返校,没道理现在把她从湘南叫回来,而且在夫妻吵架的阴云下和女儿见面也太自私了。

思前想后,还是只能去松永那里。

"和他见个面吃个饭吧……"房子走在路上,喃喃自语道。

随后,她又慌忙摇了摇头。

"不能和松永见面,由美刚刚还告诫过我。其实也知道其中的利害关系,可是为什么还会考虑再见面呢?"

茫然中不觉走到了车站。傍晚时分,车站里挤满了下班的白领和放了学的学生。房子随着人流进了检票口,不自觉地站在了代代木到涩谷方向的月台上,等察觉的时候,已经坐在回家的地铁里了。

到了这一步,是不得不回家了。

下定了回家的决心之后,现在要考虑的就是晚饭的问题了。

回家的路上也有几家整洁清爽的餐馆和寿司店,也不是不可以在那儿解决晚饭,只是一个女人孤零零地进去吃饭,总觉得有些凄凉。

不得已,她决定在车站前买些东西。经过熟悉的蔬菜店和鱼店的时候,店主们都跟她打招呼。最后她在蔬菜店买了黄瓜和口蘑,在鱼店买了鳟鱼片。

买完东西回家一看,房子才发现这些菜一个人吃实在太多了,就算和丈夫两个人吃也吃不完。

在和丈夫吵架的时候还买来了两人份的东西,房子对这样的自己感到很厌烦。不过既然买来了,就没有再扔掉的道理了。

房子换了衣服之后,开始准备晚饭。

不管是做什么,只要忙起来就能暂时忘记烦恼。房子把黄瓜做成了醋拌凉菜,把鳟鱼做成了法式炸鱼,又做了一碗口蘑酱汤,这样之前的争吵就被忘在了脑后。

没有平日里丈夫的催促,房子从从容容地准备着,可还是只花了一个多小时就准备好了。

看了看表,七点半。房子发觉自己还在等丈夫回来,不禁苦笑起来。

结婚十七年来一直重复着同样的事情,等待丈夫回家已经变成了一种习惯,像是已经渗透进身体,根深蒂固。

餐桌上摆着两个人的晚餐,饭随时可以吃,只是她依然没有食欲。

今晚,吃饭不是重点,做饭才是目的。心里想着只要能打发时间就好了,似乎这样不知不觉就满足了食欲。

不过将近八点的时候,房子还是自己动筷吃了起来。忙了半天才做好,放在一边不吃实在是太可惜了,而且那样也太对不起自己了。

吃着吃着,房子的眼里泛起了泪花。

丈夫今晚几点回家她并不知晓,甚至有可能不回来了,她从一开始就知道他是不会回来吃晚饭的,她明明知道,为什么还是做了两个人的饭?

房子放下筷子擦了擦眼泪。她觉得自己真是孩子气,同时又觉得落泪的自己很可怜。

简单吃了一些之后,房子把剩下的饭菜放进冰箱,洗了碗筷。

九点了。不过夜还长。房子洗澡洗了头发之后,去客厅等头发干。还有工作要做,不过她现在没有一点儿心思,于是她泡了杯咖啡,倚在沙发上看电视。旁人看起来她悠然自得,殊不知她正心乱如麻。证据就是她眼睛虽盯着电视,却浑然不知电视剧的情节。累了,躺下,打个盹儿,又坐起来喝咖啡,这样重复了两次之后,已经是十二点了。

也许他真的不回来了……

房子干脆接受了这个事实,站起身来走进卧室,铺好了自己的被褥。

换好睡衣,房子还想和由美说说话,正走向电话,铃声就在此时响了起来。

房子吓得倒抽了一口气,随后慢慢地拿起听筒。

"请问是速见医生家吗？"传来一个年轻男人的声音。

"我是冈崎。主任刚才醉了，现在一个人可能回不了家，一会儿我们一起把他送回去。"

冈崎是修平手下的一个年轻医师。

"他哪里不舒服吗？"

"没有，我想应该只是喝多了，吐了。"

"怎么会……"

"一个小时之内就能到。"

"真对不起了，拜托你们了！"

房子不觉以妻子的表情，对着听筒鞠了一躬。

大约一个小时之后，门铃响起。

房子打开门一看，两个年轻男子正在两侧扶住修平站在门口。他们都是修平所在医院的医师，右边的是那个叫冈崎的年轻人，左边的只觉得面熟，却不知道名字。从他们架着修平的样子来看，修平真的是醉得不轻，目光涣散，勉强才能站得住。

烂醉如泥的修平已经不省人事，连脱鞋的力气都没有了。房子蹲下身来把他的鞋子脱掉之后，拜托他们把修平扶进了屋子里。

"不好意思，拜托你们把他扶到那里……"

客厅的中央摆放着沙发，让修平仰躺在沙发上之后，房子向两个人深表歉意：

"真是对不起，扫了你们喝酒的兴致……"

"不要这么说啊，我们没关系。今天是主任喊我们去喝酒的，而且请了客。"

"是我先生找你们喝酒的吗？"

"是的，手术之后来到医院办公室，忽然喊我们一起去喝酒……"

"给店里添了不少麻烦吧?"

"没有啊,那倒没关系的,不过……"

冈崎看着面色惨白躺在沙发上的修平继续说:

"我想他有些轻微急性酒精中毒的症状,胃里的东西都吐出来了,让他休息一下应该自然就会好的。"

用医生味十足的口气做了一番交代之后,两人对视了一眼点点头说:"那我们就此告辞了……"

"稍等一下,我去泡茶来,你们喝了再走。"

"不用了,车在外面等呢,我们告辞了。"

两个年轻人说着就往门口走。

"请等一下!"

房子连忙从橱柜上的皮包里掏出一万日元,包在纸巾里交给了冈崎。

"这个你们拿去付车费吧!"

"不用啊,我们住得都不远。"

"你们特意把他送回家,哪有让你们破费的道理!"

"那我们就不客气了,剩下的给司机做小费,刚才吐到他车上了。"

"还给人家弄脏了……"

"没关系,也不是什么大事。"

冈崎打开门之后,忽然像想起什么似的,回过头来说:

"有件事想请您转达给主任,明天上午八点要开会,下午还有两个手术……"

"我知道了,我会转达的,真的很感谢你们这么晚了把他送回来。"

房子把年轻的医生们送出去,再一次深深地鞠了一躬。

两人走了之后,房子重新仔细端详横卧在沙发上的修平。

他穿着西装,白衬衫的胸口处敞开着,两条腿搭在沙发上。大概是因为吐了的缘故,他脸色有些苍白,额头上搭着几缕乱发。这样躺在沙发上,他可能会继续睡下去,不过这样很不解乏。

房子走进卧室,在之前铺好的自己的被褥旁边铺上了丈夫的棉被。然后拿着睡衣回到客厅一看,修平正微张着嘴巴睡着。

"老公……"

房子蹲在沙发前敲了敲丈夫的肩膀。酒精和呕吐物混合起来的酸臭味儿扑鼻而来。

房子不禁别开了脸,然后下定决心又一次拍了拍他的肩膀。

"起来呀,起来到被子里睡……"

修平像是嘀咕了些什么,含含糊糊的,之后很快又打起鼾来。

"喂,起来,快起来啦!"

房子摇了半天也不见反应,狠狠地拍了拍他的脸颊他才算清醒了一些。修平睁开眼睛抬了抬头,随后马上又把头缩进沙发里不愿起来。

房子真想生拉硬拽把他拖起来,不过用房子的纤细手腕去拉修平这七十公斤的身体,他纹丝不动。早知如此,真应该拜托刚才送他回来的年轻人把他扶到卧室里,不过现在为时已晚了……

"要怎么办呀!"

房子甚至想就让他这样躺在沙发上,可是他的衬衫和西装的袖口上还沾着刚才吐出来的脏东西。

房子只好别过脸脱他的西装。先从右胳膊脱起,把他身体翻过来让他侧卧之后脱掉左胳膊的袖子,最后从腋下把西装抽出来。袜子脱起来还算方便,不过这裤子和衬衫就难办了。

没办法,房子只好用湿毛巾擦擦他衬衫上的污迹,帮他松了松腰带。然后房子又用新毛巾帮修平擦了擦脸和手,之后又在他身上搭了一条毛毯。

终于告一段落了,只能让他睡在这里一直到醒来了。

房子坐在沙发对面的椅子上叹了口气。

我的辛苦他全不放在眼里,只管张着嘴,打着鼾,舒舒服服地睡大觉。

为什么喝成这样呢?

修平本来不是不能喝酒的,只是最近才喝得少了,以前也有喝醉、夜里一两点回来的时候。房子结婚前就听说外科医生爱喝酒,所以也并不介意。她想只要喝得高兴、不过量就没关系。

然而像今天这样烂醉如泥地回来还是第一次。结婚头两年,也曾经被同事送回来过,不过这些年来即使喝了酒也几乎没有醉过,喝到吐的情况就更没有过了。

年轻医生们似乎也对修平今天醉酒的程度感到惊讶。虽然特意把他送了回来,还是像自己做了错事一样惶恐不安。

不过今天似乎是修平邀请他们的。此前也有和年轻医生们一起喝酒的时候,但像这样失态还是第一次,而且,还是在手术的前夜。

"胡闹也得适可而止啊……"

房子轻声抱怨了一句,然后起身打开了阳台的玻璃窗。房间里已经充满了难闻的酒气。

"水……"身后忽然传来丈夫的声音。

"喂,水……"

这两声之后,房子从厨房接了满满一杯水,送到了丈夫的嘴边。

尚未清醒的丈夫颤抖着抓住杯子,仰头一口喝尽,像是渴极了,喉结上下急剧地动着。

"还要……"

房子又倒了杯水来,修平一饮而尽之后又倒头睡了过去。

"老公……"

不能再由着他的性子了,房子借这个机会赶紧摇他的肩膀。

"起来啦,被子已经铺好了,到房间里睡吧。"

房子正想双手扶起修平,却被他的大手一把推开。

"吵死了。"

房子一下子愣住了,手停在半空,这时修平叫道:

"偷情的……"

"老公……"

房子刚一出口就噤了声。刚才他挥手的时候说了什么?是"偷情的女人……"还是"偷情……",虽然后面没有听清楚,但是"偷情"两个字是千真万确的。

房子离开丈夫的身边,走到阳台前。

初夏的风穿过敞开的玻璃窗拂面而来。大概是因为阴天,夜空里看不到星星月亮,只有前方那黑色浓重之地的边缘地带反射出微微的红光。再往前便是银座和六本木了,那是丈夫刚刚喝酒的地方。

房子望着黑暗中那片红色的天空,反复思索着丈夫刚说的话:

"偷情的女人……"

丈夫果然还是在记恨昨晚的事。从他酒后吐露的真言来看，他恨她。

想到这里，房子点了点头。

"原来是这么回事……"

丈夫之所以酩酊大醉，可能就是因为昨晚的事情，今晚应该没有非喝酒不可的聚会或者约会。他今天拉人出去喝酒，大概就是为了借酒消愁吧。

那两个年轻人也说今晚他喝得很猛，他们不知道昨晚的事，所以看到他胡喝一气很是惊讶。不过除此之外，修平可能也没有其他的办法发泄怒气了。

房子深吸一口气，关上了阳台的落地窗。

回头一看，也许是灯光太亮，丈夫不知道什么时候把毯子蒙在了头上。

房子走到厨房，把水瓶里灌满水，带着杯子一起放到了沙发前的桌子上。关掉客厅的灯，一看表，已经一点半了。

房子拉开隔门，走进卧室换上睡衣，卸掉了刚刚客人来时匆忙化上的妆。她梳着头发回头一看，面前是并排的两床棉被。

虽不是有意制造的，但自己和丈夫的棉被之间隔着四五十厘米的距离。

房子低头看着，想起刚才自己慌慌张张铺被子的情景，不禁苦笑了起来。

今天一天，即使是在公司的时候都在记恨着他，就连在和由美谈话的时候，也觉得在外偷情却一副坦然模样的丈夫不可原谅。

可是别人来到家里的时候，她又变成平时贤妻的样子，向医生们道歉，把丈夫迎进来。不仅如此，还为他脱衣服铺被子。

说这是因为常年的习惯,也太没出息了。

想归想,房子的心情意外地平静下来了。不是她就此满足不追究了,而是终于松了口气。

"不管怎么说……"房子嘟囔着,不觉出了声,"他回来就好。"

房子的脑海里渐渐浮现出在机场看到的叶子的那张惊慌失措的脸。

"我绝不会输给那个女人!"

在黑暗中房子如此告诉自己,终于安心地闭上了眼睛。

第六章　暴雨

阳光中,白色的网球来回飞舞,清亮的声音在晴空中回荡。

修平凝望着球场里正挥舞着球拍的妻子和女儿。两个人的球技都不怎么高明,对打坚持不了多久,时不时就要重新发球。不过她们今天的穿着倒是赏心悦目,白色和藏青色的裙子,配着粉色上衣。

东奔西跑了一阵之后,女儿弘美喊道:

"轮到爸爸啦!"

"不了,不打了!"

修平刚刚和弘美打过一场,已经累了。刚出道做医生的时候还练过一阵网球,不过还没打习惯就放弃了。从那以后,再也没有练习过,所以球技也不怎么样。特别是近来腰腿渐渐不行了,要跟上还是高中生的弘美实在有些力不从心。

"来嘛,和妈妈打打看嘛。"

弘美似乎有意撮合爸妈打一场球,修平却慌忙摇了摇头。虽然已经来到了蓼科的别墅,却丝毫没有跟妻子打球的兴致。

"为什么呀,来打一场嘛!"

"已经累了,再打的话明天就上不了班啦。"

妻子应该也听得到,不过她一句话也没说。

坦白说,夫妻之间还存在着芥蒂,这让他们无法一起打球。弘美是没有察觉到这段时间以来的微妙气氛,还是正因为察觉到了才竭力撮合的? 修平有些搞不懂。

"为什么啊……这么难得的机会……"

弘美打开从别墅带来的水瓶盖子,喝了口麦茶。修平眼前弘美的那双修长的腿美得令人炫目。

"走吧!"

房子把球拍放进套子里。看来她从一开始就没想和修平打球。

女儿走在中间,修平和妻女三人出了球场,沿着缓坡向停车场走去。

这一家三口,拿着球拍和毛巾,走在树影斑驳的林间小路上。想必无论是谁见了,都会觉得这是一个和美的幸福家庭。然而实际上这三个人却各怀心事,远没有表面上那么光彩。修平接下来准备乘傍晚的电车回东京,自上周三来到别墅,已经在蓼科待了整整五天了。房子的姐姐和姐夫要来做客,所以她必须留下来陪他们两天。而弘美则想再住几天,请朋友们过来玩。年轻女孩儿总是很喜欢别墅的。

不过坦白地说,修平已经对别墅生活感到厌倦了。

这幢别墅原本是修平的父亲用退休金买的,而修平自己压根儿就没动过买别墅的念头。

一般所谓的别墅,是主人想去了,打个电话给管家便可以悠然前往的。不管什么时候去,房间都收拾得干干净净,连洗澡水和饭菜都会事先准备好。

而日本人的别墅,是要主人去了之后自己动手开窗打扫的。水要自己烧,饭要自己做,全部都要自己动手。弄不好碰到下水道堵了,电也断了,那就更是一团糟了。

这么一来,就不是到别墅去休息,而是去劳动了。

何况以日本的现状,不可能请个长假窝在别墅里休闲,就算休假也长不过一周,此外就只能来度周末了。可是这样来回奔波,身体反而得不到休息。

而且再算算买别墅的钱,以及管理费和维修费,一幢别墅的花费还是相当高的,还不如到宾馆租房间,既便宜又轻松。考虑到这些,修平原本是不想要的,只是妻子和女儿好像很渴望有个自己的别墅。

然而一旦买下来,年迈的父母不常来,妻子又嫌麻烦,便只有女儿一个人乐在其中了。

速见家的别墅有三十坪大小,虽不大,却舒适安静,旁边还有个游泳池。修平在那儿草草吃了个晚饭,便叫了出租车来送他到下面的茅野站乘电车。妻子和女儿为了送他也跟了来。

"爸爸,一个人可能会孤单,不过不许喝太多酒哦。"到了车站以后,女儿弘美用小大人的口气说道。

"我会常给爸爸打电话的,爸爸也要打电话来呀。再过两天就让妈妈回去陪你啦!"

电车进了站,这时弘美伸出手来。

"爸爸,路上小心啊。"

修平点点头握住了女儿的小手,弘美立刻偏过头对房子说:

"来，妈妈也快来握个手！"

被弘美这么一说，妻子迟疑地伸出了手，修平却只用指尖碰了一下。

"再见……"

修平看了一眼女儿和妻子，轻轻挥了挥手便进了电车。

坐定之后，她们两个人仍在站台上，女儿挥着小手，而妻子则尴尬地微笑着站在旁边。

发车的铃声终于响了，电车开出站台后，修平往靠背上一靠，长舒了口气。

这样静静地坐上两个小时就可以到东京了，两天的单身生活在那儿等待着他。

想着想着，修平的心情渐渐明快了起来。离开了一家三口的温馨生活，他反而感到了轻松，虽然有些不合情理，但那种感觉是千真万确的。

这次提议去别墅度假的是女儿弘美。

每年夏天举家去蓼科度假是速见家的惯例，所以也并不是什么稀罕事，然而七月初弘美提起的时候，修平还是感到了意外甚至有些不知所措。

似乎妻子的心情也是一样的，为难地把脸偏向了一边。

"爸爸，你什么时候有时间？七月底的周末好不好？妈妈说她那个时候有空。"

听着女儿的话，修平偷偷看了妻子一眼。她正一副事不关己的表情盯着电视。

"好不好呀？"

"那好吧……"

"那就这么决定啦!七月底哦!"

弘美的一句话就定了行期。而修平那时对能否真的成行还是半信半疑,想必妻子也是同样的心情吧,从那之后,对于别墅之行她一个字都没有提过。

从六月中旬的那次争吵开始,两个人的冷战一直持续到现在。

第二天修平喝得烂醉回了家。隔天早上到了八点也起不来床,只能请假休息,连上午的会议都没有参加。

那之后,他们再也没有争吵过,只是一直冷战到现在。

实际上,修平现在仍在怀疑妻子,并没有从心里原谅她。

而妻子对此没有解释也没有道歉,所以也没有原谅的理由。

当然,对于那天晚上发生的事情,修平也没有道歉。

两个人互不信任,却因为当前没有别的去处,不得不生活在一起。这便是两个人之间的真实状态。

就这样浑浑噩噩地过了一个月,夏天到了。

当然,在这段时间里,修平和房子谁都没有再提过那一夜的事。万一有一方提起了,又会演变成一次争吵,一气之下闹离婚也说不定。

于是他们抱着这样一个定时炸弹,度过了看似平静的一个月。

修平受不了这样不清不楚的状态,曾去找过在品川开诊所的好朋友广濑。

"还真是奇怪,两个人都吵成这样了,还能住在一起。"

广濑是现在才安宁下来了,之前和自家医院里的药剂师关系甚是亲密,曾经闹得满城风雨。正是他有这样的前科,修平才觉得好说话。

"表面上你们挑三拣四,诸多不满,实际上还是彼此相爱的吧。"

"不,不是的。"

明确地说,修平和房子之间的状态绝不能用爱或恋来解释。

修平在盛怒之下喝酒到深夜,结果除了家他别无可去之处。房子大概也挣扎了半天,最后还是回了家。现在除此之外没有别的办法,于是两个人只能回到同一个屋檐下。

"我们两个人都想要自由,可是一旦离了婚,又没有可以去的地方。"

"那我就不明白了,一旦出了事,女人胆子就会变大的啊。"

"不,我家那位大概没有那么大的魄力。"

"你那么有信心?"

"这点儿自信我还是有的。"

"你这不是在显摆吗?"

"怎么会……"

"都说夫妻吵架是床头吵床尾合。"

"那说的是年轻夫妻啊。"

那样的争吵总会雨过天晴,让彼此的生活更加和谐。

然而修平和房子之间明显留下了一道伤。那一夜之后,修平对妻子只说过"出门了""吃饭"之类生活中最基本的几句话,而妻子的回答也仅限于"好""不好"之类最简短的词语。

当然,也并不是说他们夫妻以前就交流甚欢。结婚十七年来,两个人虽没有过长谈,但同是简短的语言,他们也曾多少倾注过情感。也有过偶尔开开玩笑,两人会心一笑的时光。

然而,他们现在就像是住在一个房子里的陌生人。两个人不会彼此伤害,但也没有亲密的交谈。虽然彼此都能感觉到对方的存在,表面上却是一副漠不关心的样子。

"我们不可能再像年轻时候那样了。"

"只要再过一段时间你们就可以回到从前了。"

修平也不是不这么想,只是就算回去了,也不可能和原来一样了。

"我冒昧地问一句,你们夫妻之间性生活怎么样?"

广濑问得直白,于是修平也答得坦白。

"现在哪有那个心情。不过以前也不多……"

"就是说,最近只跟情人做了?"

"那也没有。"

"又有别的女人了?"

"没有!那件事之后就没跟她见过面了……"

在机场碰到房子以来,修平和叶子的关系也变得疏远了。两个人独享的快乐之旅结束的时候却出现了意料之外的闯入者,叶子感到不高兴也是情有可原的。

然而奇怪的是,那之后修平也少了和叶子见面的兴致。曾经那么热衷于约会,和妻子吵了一架之后就少了很多热情。

一方面原因是妻子那一夜之后变得格外谨慎。她表面上虽然冷淡,可也像是已经有所反省,没有再跟那个男人见面了。看着妻子这样的态度,修平当然也不能随随便便出门约会了。

和妻子女儿一起来到蓼科,也是为了打破目前的僵局。

然而女儿再怎么花力气,修平和房子之间心存芥蒂,也很难再破镜重圆了。那不是到别墅来就能和好如初那么简单的问题。

不过弘美在蓼科确实帮了很大的忙,修平想说的话,弘美替他说出口；妻子的回应，弘美替她转达。女儿就像是网球一样，在中间穿梭，把夫妻两个人的对话连贯起来。

今天打网球、送他到车站，都是女儿的提议。

一家三口能够平安无事地度过这几天的别墅生活，全是女儿的功劳。

然而，长达五天的共同生活使他对这种安定也产生了一丝厌倦。

女儿再怎么聪慧也只是个孩子，再努力没能促成夫妻二人真正的交谈。

而女儿做这样的要求本身，就是很难为人的事。

不管怎么说，一起度过了五天还是值得肯定的。

"东京……"

修平嘟囔了一声望向了窗外。车窗外已暮色渐浓，在那灯火阑珊之处，夜的深沉开始弥漫开去。

凝望之际，修平的脑海里慢慢浮现出叶子的倩影。

机场那件事之后，叶子一直很不满，但还是时不时地打电话过来。

大概是想知道这个郁闷却不言语的男人心情如何吧。说的虽是些无关痛痒的话，不过既然她能打电话来，就表明她的心情已经差不多平复了。

想着想着，修平渐渐兴起了要和叶子见面的念头。

"她现在在做什么呢？"

电车八点钟到达新宿，要不然下车之后给她打个电话？

想到这里，修平赶紧摇了摇头。好不容易打算老老实实过日子了，现在绝不能动这样的歪念头。

电车到了新宿站，置身于人满为患的站台时，修平舒了一口气。

五天前从东京出发的时候，修平对这里的喧嚣感到厌烦，然而五天之后再次置身其中的时候，心情却意外地舒畅了起来。田园一望无际的绿色和清新自然的空气并非不好，只是那样的享受只要两三天就够了，到了第四天就想回东京了。最后一天，一想到马上就能回东京，心情竟像少年一样雀跃。

"乡下绿野怡神空气清新，为什么我还是想要逃出来呢？"

可能是太过亲密的家庭生活氛围，反而让他更想逃离。虽然还不至于像战后那一代人那么拼命，但修平还是受其影响，认为不理会儿女情长专心于事业才是男人的生活方式。修平大学毕业之后到现在，一直把医院或者研究室的工作当作生活的重点，在外过夜的时候也远比在家过夜的时候多。

可能就是这个缘故，当他稍微沉浸在家庭生活的氛围里就会觉得透不过气，总觉得待错了地方，定不下心来。尤其是这次正和房子冷战，一家人表面上的幸福和美反而让修平感到虚伪。

"不管怎么说，接下来的两天就是我一个人过了！"

看着街上霓虹绚烂，修平感到一阵轻松。

不过修平还没有决定接下来做些什么。

已经八点了，如果没有特别的事，叶子现在应该在家里。掏出十日元硬币拨几个号码，也许就能听到叶子的声音了。

然而，修平还是压住了内心对叶子的想念，走过公用电话厅，从南门出了站。

霓虹如潮水般涌现在修平眼前，这让他忽然感到了畏惧。恍惚过后，修平沿甲州街向西口走去。

和凉爽的蓼科相比,东京闷热得让人难以忍受。周围的男人们都穿着半袖的白衬衫,女人们则多是无袖衫。修平左胳膊上挂着麻布夹克,右手拎着旅行包,混在人群中朝坡下走去。

像是都跑到外面来避暑了,街上已经人满为患。修平被人推搡着,漫无目的地向前走着。

离开了东京五天,这样就回家实在有些不甘心,可是要说去哪里也没有个目标。坡下有个电话亭,走到它面前的时候修平又停下了脚步。

"还是给叶子打个电话吧……"

修平说着,就进了电话亭,不过随即心思一转,拨通了广濑家的电话。

"我刚从蓼科回来。"

"真是好福气啊,我可是既没钱又没闲,到现在都没离开过东京!"

"什么福气啊!好不容易回东京了,终于松了口气!"

"一个人回来的?"

"对啊,你现在能不能出来?"

广濑像是看了看表,停了一会儿说道:

"好吧!"

"你到这里来?"

"能不能到银座去?'爱尔泊'怎么样?"

爱尔泊是个小店,开在林荫大道旁一座大厦的地下,环境氛围都很适合见面约会。老板娘是修平同级校友上冈的情妇,听人说她和上冈早就分了手,不过上冈取的名字"爱尔泊"①一直沿用至今。

广濑曾经取笑说"爱尔泊"变成了"爱尔泊·阿依伦"②,不过这位老板娘确实性情刚烈。

从电话亭出来,修平拦了辆出租车去银座。

早知如此,刚才就不出检票口直接坐中央线去东京站了,那样会快很多,不过现在后悔也来不及了。

再说到新宿的时候,修平想到的不是广濑,而是叶子。

"是什么缘故让我改变主意跟广濑见面的?"修平靠在出租车靠背上想着。

其实还在蓼科的时候,修平就有了和叶子见面的想法。下午和妻女打网球的时候,回到别墅吃晚饭的时候,这种想法一直深埋在心里。跟妻女告别,坐上电车之后,随着东京越来越近,和叶子见面的愿望也越来越强烈。

然而到了东京,看到满街霓虹闪烁的时候,修平的心情一下子变了。

虽然和妻子女儿在别墅的时候,修平满脑子想的都是叶子,可是一旦真的有见面的可能了,妻子的影子又在脑中挥之不去。

和叶子见面就会伤害妻子,这个想法无意识地从脑中闪过,让修平放弃了跟叶子约会的念头。

"真奇怪……"

修平敲了敲自己的头,然后闭上了眼睛。

---

① 意为"肘"。——译者注
② 意为"铁肘"。——译者注

大概是天气太热的缘故,银座来往的行人不多,爱尔泊里也是冷冷清清的。大概是这样的暑气让很多人失去了喝酒的兴致,还有一些常客可能度假避暑去了吧。

修平先到,坐到入口附近的柜台边点了杯威士忌,不到十分钟,广濑也到了。

"蓼科怎么样?"

"那里现在多了不少年轻人。"

"晒黑了嘛。打高尔夫球了没有?"

"没……"

包括今天在内,修平打了三天网球。他刚想说出口,忽然觉得现在说起和妻女打网球的事很煞风景,于是住了口。

广濑去和老板娘开了会儿玩笑,然后又看向修平说:

"今天晚上开始都是一个人吗?"

"就明后两天。"

"还真是肯让你回来啊。"

"谁?"

"当然是你太太啊。让你一个人在家那就等于放虎归山啊!"

"别开玩笑了!我可没别的心思。"

"嘴上这么说,话音还没落就盘算着跟她见面了吧?"

"不会见面的!"

"为上次的事闹翻了?"

"也不是因为这个。"

"那是为什么?"

被广濑这么一问,修平也搞不清楚了。

"觉得有点过意不去吧。"

"是对你太太过意不去吗?"

"倒也不全是。"

修平不想承认那是为了妻子,他只是觉得现在和叶子见面太自私了。

"那次之后,你家太太一直很安分吧?"

"不知道啊,不过看上去还好……"

"如果是这样,你也必须谨慎行事。最好是趁这个机会跟那个女人一刀两断。那件事之后,现在正是好时机。"

广濑又要了杯啤酒,继续说道:

"差不多到你受罪的时候了。"

"是吗……"

"反正让两个女人在机场见面这样的丑事你是不要再做了。"

修平明白广濑的话,不过他不认为男女之间的关系是可以简单用美丑来区分的。

"总之,你还是老实一点儿好!"

"近来你真是爱教训人啊!"

"我可没那个打算,只不过看到你这个样子觉得很危险。"

"没关系的!"

"这是你的事,我当然没关系。不过偷情可是相当耗神的事啊!"

流连花丛的公子哥儿说出的话自有它的说服力。

"你以后还是不要跟她见面比较好!"

"这不是你的事儿,你当然说得轻松!"

"那这就是命令!今后两天你都给我老实点儿!"

广濑很少用这么坚决的口气说话,沉默着把啤酒一饮而尽,然后继续说道：

"下次再出现这样的事，你们可能真的要离婚了。"

修平很认同地点了点头结束了这个话题。后来他们又去了两家酒吧，一直玩到十二点多。

"我们就在这儿分开吧。"

修平点点头，和广濑告别上了出租车，这时他喃喃自语道：

"最终还是没有和叶子见面啊。"

他为自己的做法感到了一丝骄傲，可是一闭上眼睛，叶子的音容笑貌便又浮现在眼前。

"喂，喂！"

修平赶紧摇头警告自己：

"不可以，不可以！"

修平紧紧闭着眼睛让自己不再去想，这样迷迷糊糊地快要睡着了。

"先生！"

被叫起来的时候，出租车已经到了家附近。修平又让他转过了一条小路，停到公寓门口，然后下车朝四周看了看。

寒春三月的时候，就是在这里看到妻子被那个男人送回家的，然而现在这里却一个人影都没有，只有夏夜的热浪一股股地袭来。

"我刚才可是什么都没做！"

修平嘟囔了一句，夹起夹克衫和旅行包往家里走去。

清晨五点，修平在鸟儿的叫声中醒来。他以为自己还在蓼科的别墅里，往周围一看，才意识到自己已经在家了。

昨晚喝酒回来，一个人铺了被褥就钻进去睡了。把被子拉出来的时候拉门没有关好，留了一道缝隙，阳台上的窗帘也没有拉上,早晨的阳光就是从那道缝隙里透进来,让修平早早醒了过来。

盛夏时候的早晨五点,屋子里所有的角落都已经清晰可见,在这晨光蒙蒙的房间里,修平回想起昨天发生的一切。

早晨六点钟起床,整个上午都是看书看电视消磨时间,下午和妻子女儿一起打网球,之后先吃了晚饭,然后从茅野乘中央线回到东京。在那儿把广濑约出来,到银座喝喝酒,凌晨一点才到了家。

其间,修平好几次都想到叶子,每次都想打电话给她,可是最后都忍住了。

"为什么……"渐渐明亮起来的房间里,修平不解地自言自语道。

回想起来,这一个月里和叶子见面的念头一直在修平心里徘徊。特别是当他知道房子确实已经红杏出墙时,甚至想立刻跟叶子约会来报复她。

"我居然克制住了没和叶子见面,这到底是什么缘故?"

唯一可以明确的就是他在盛怒之下跑去喝酒,结果到最后除了家他再无可去之处。等他酒醒之后,发现自己还是和妻子在同一个屋檐下。

虽然因为这件事大发雷霆,但他也因此明白了自己的处境。

不过因此就和好也是不可能的。在修平看来,在夫妻双双出轨的情况下,妻子的罪过更为严重,所以他根本没打算道歉。然而在这一点上,妻子也相当固执,不愿说句对不起。这正是聪明却好强的妻子令人恼火的地方。

总之,那天以来,两个人始终处于冷战状态。

如果家里房子大人又多,还可以借此分散一些注意力,但只有两个人的公寓生活里是没有避难所的。就算心里不愿意,吵了架的两个人还是要抬头不见低头见的。

不过还好,修平已经渐渐习惯了这种状态,虽然两个人之间依然很少说话,仅限于生活里必要的对话,但是那不影响日常生活。不仅如此,正因为两个人都克制着自己的情绪,所以表面上看来,反而比以前更加平静。

其实这并没有给修平造成任何不便。今天家里只有他一个人,不过明后天妻子回来之后,他们就又恢复正常的生活了。妻子虽然不是特别温柔,也还是会为修平料理必要的家务事。修平已经习惯了这种冷战状态下的安定,同时对安于现状的自己感到惊讶。

"如果能一直这样下去倒也不错吧。"

冷静一想,其实修平和妻子之间的问题丝毫没有解决。除了在激烈的争吵中互相责难对方的不忠,那之后,就再也没有讨论过这个问题了。

两个人都没有积极解决问题的意愿,所以,陷入现在这样的混沌状态也在情理之中。

修平实在不知道该怎么解决这个问题。

直接质问妻子那个男人的姓名和职业,或是他们曾经发生过几次关系,究竟相爱到什么程度,这些话修平实在问不出口,就算问了,他也不认为房子会如实回答。再说,并不是问了就会有好结果。

在这一点上,修平也是如此,如果妻子追问他有关叶子的事情,他也不打算实话实说。

说得明白一点,这种事情不管是问还是被问都会相当不痛快。

"没有比质问偷情的妻子更丢人的丈夫了!"

修平从来都没有想过要让自己陷入那样的境地。

有一档午间连续剧讲的是丈夫苦苦哀求抛夫弃子的妻子回心转意,修平可不愿意像他那么没出息。

而且就算真的不顾颜面了,女人一旦离开了也不会回头的。

这个时候,男人就只需要呵斥一声"别胡闹",然后就该承担后果。这是男人的果敢,也是男人的美学。正是因为这样的想法,让修平不想再去重提旧事了。

不过这样解决不了问题,情况依然暧昧不清。

在那之后,妻子有没有再去和那个男人见面?还是只在心里默默地想念?这些事情除了去问她是没办法知道的,因为要顾及男人的自尊心,所以修平并不想开口。

当然,妻子也绝不可能主动提起,于是两个人继续着相互猜疑的生活。

不过让修平比较安心的是,争吵过后,妻子谨言慎行,没有再和那个男人见过面。当然,修平没有明确问过,只是他的猜测而已,但两个人生活在一起多少还是有所感觉的。

这段时间以来,房子表现得十分冷淡,话也很少,不过该做的事还是做得认认真真。晚上很早回家,家务事一件不少,手绢和袜子也都适时准备好。如果她心里还在想着那个男人的话,必然做不到这么细心。

当然,修平是不会为了这些表面功夫就放下心来的。

也许在妻子顺从的外表下,内心深处还在挂念着那个男人。

最好的一个例子就是修平自己。那件事以来,虽然没有和叶子见面,但是他心里仍然会想起叶子,昨晚差点儿就打电话给她了,而且也不能保证今后再也不见面。

想到这一点,修平就无法完全信任妻子了。

女人天生就是演员。尤其是在掩饰婚外情的时候,更是有着出众的才能。

尽管如此,还是可以肯定,近来妻子并没有和那个男人见面。近二十年的夫妻了,不会连这个都看不出来,可以说,正是修平深信这一点,才克制住了和叶子约会的念头。

"反正现在也只能这样了。"

修平虽是这样告诉自己的,然而下一刻,另一个想法又涌上了心头:

"不管怎么说,妻子都已经把身体给了别的男人,有我这个丈夫在,居然还接受别人!"

"我该原谅这种女人吗?"

修平觉得自己是不是太纵容她了,可是他又提不起勇气来做个了断。

原因之一就是他自己也在外偷腥,不是没有理亏的地方,再加上如果和妻子大吵一架把她赶出家门的话,那么从明天开始,生活就会乱套的。

虽然男人看起来很有本事,但是如果没有个能守家的女人,生活就会立刻乱了章法。非但没有饭吃,房间脏了没有人整理,内衣袜子破了也没有人补。

因为担心这个才不和妻子正面较量。这其实是个很窝囊的理由。

如果真的无法容忍了,不管有多少不便也会把她赶出家门,要不然男人就自行离家出走。其实真正要离婚的男人不会理会明天的饭菜和内衣之类的事情,会毅然地跟妻子对抗,然后决然地离她而去。但是修平压根儿就没想过要离开这个家,而且不管妻子在不在，这个家始终是他的牵挂。

"这样说，我还在爱着她吗？"

这话一出口，修平慌忙敲了敲自己的头。

他已经有十多年没有对妻子说过"我爱你"这三个字了，不，甚至在结婚之初他也很少说出口。然而，知道了她已经投入别人的怀抱却还和她一起生活，从广义上来说，或许这就是爱。如果这样说太牵强，那么应该叫留恋吧。

暂且不管争执的原因，修平可以想象如果妻子现在离他而去，他会有多么惊慌。也许会忘记男人的面子，嘴里喊着"为什么要离开我"，紧紧抓着她的胳膊，把她拉回来。

其实，修平对房子仍然心存依恋，这从他刚刚怀疑妻子红杏出墙时的态度就可以一目了然。

之前修平从来没有想过妻子会被别的男人爱上。然而就是从怀疑的那一瞬间开始，修平对妻子有了改观。她没有中年发福的倾向，姿色也还不错，而且她本就是个聪慧的女人，后来到出版社重新工作，既有着职业女性的冷静，又兼具岁月历练出的柔和。再加上她的父亲是大公司的董事，得天独厚的家庭环境培养出了她落落大方的气质和良好的修养。

一起生活了近二十年，修平已经忽略了她的这些好，不过在旁人看来，也许她还是相当优秀的。至少对于那些比修平年轻的男人来说，把房子看成是很有魅力的职业女性，也不足为奇。

"我真的还爱着她吗……"

修平嘀咕着，把头歪了歪。

他觉得确实是这样，但是和这句话的意思又有些不同。说到爱，总是感觉应该再多些激情燃烧的意味，然而现在对于妻子却没有那样的激情。他们的感情是朴素的,淡泊的,虽不至像空气一样无处不在,却给人如坐春风的感觉。

"虽然平时不觉得妻子有多重要,但是如果她不在身边,我还真是很麻烦。"

总之如果现在离婚,受困的还是自己。

"下次再出现这样的事,你们可能真的要离婚了。"广濑的这句话也成了警钟再次在耳边响起。

想到这里,修平叹了口气。

现在除了静观其变也没有别的办法了。难不成两个人都在销声匿迹准备伺机而动吗?

"不过……"

在充满阳光的房间里,修平喃喃自语:

"也许两个人都不再追究,就这样糊涂地过下去也挺好的……"

并不是修平对这样的状态有着十足的信心,然而不能否认,这也许就是现实生活中夫妻相处的一种智慧。

第七章　秋色

站在阳台上，穿过那些灰色的屋顶可以看到高大的榉树，暮色笼罩下的秋空一望无际。就在一个月前，那里还翻涌着纯白色的大片云朵，而十月的现在，云像被梳理过的马尾，下缘被落日染成红色，疏松而淡泊地横扫天空。

秋天夕阳下的天空总能撩起人的情思。

从刚才开始，速见房子就站在阳台上凝望着暮色渐浓的天空，心中犹豫不决。

待会儿到底该不该去听音乐会？

这场音乐会是新建在六本木的 S 音乐厅的首场管风琴演出。对于这个某大型洋酒公司投入了 70 亿日元建起来的音乐殿堂，房子极想去一睹风采，而且近 3 亿日元的管风琴的音色对她也很有吸引力。从编辑的角度来说，她曾经很想去看看那个音乐厅，而且主编也这样建议过。

入场券现在就在她的手里。

音乐会六点半开始，到六本木需要近一个小时，现在还有一个小时的空余时间。

今天早上起床的时候，房子本来打算去的，所以吃早饭的时候已经告诉了丈夫，他也爽快地答应了，还说晚饭不回来吃了。

只要房子想去，现在出门是没有任何障碍的。

她之所以犹豫不决，是因为拿票给她的人是松永。

如果拿这张票去，坐在旁边位子上等她的无疑就是松永。

一想到这个，房子就无法单纯赴约了。

那一夜和丈夫争吵过后，就再没有和松永约会过了。当然，在同一家公司工作，出来进去完全不碰面是不可能的。

在编辑室、员工餐厅、走廊上，他们碰到过几次。房子都只是轻轻点一下头便擦身而过，而且也尽量避免和他一起工作。

在那次争吵之前，他们每周约会一次，偶尔还会一起出差旅行，所以这几个月来，房子的变化是显而易见的。当然，松永应该比谁都清楚这种转变。

不过松永并没有责怪她或者向她发什么牢骚。

松永本来就很内敛，不会强求别人。有时候在走廊碰到了，他也只是欲言又止地看着房子，房子视而不见地从他身边走过时，他也只是默默地垂下眼角。

虽然一个是编辑一个是摄影师，但是两个人都不是正式员工，所以也不可能有很多见面的机会，除非特意约好，否则想见面就只能碰运气了。然而就是遇到这样微乎其微的机会，两个人也只是打个照面就敷衍过去了。

开始的一个月倒还没什么，连续两个月下来，连公司的同事们都感觉到了异样。

夏末的时候,办公室的富田曾经问道:

"最近你好像没怎么跟松永搭档嘛。"

房子吓了一跳,不过富田并不像是知道她和松永的关系才打听的。

"他好像也很忙……"

"果然还是和开朗一些的人共事比较舒服啊。"

原来富田以为房子也是因为松永难相处才跟他疏远的。

房子含糊地点点头,她并不是偏爱和年轻摄影师搭档,只不过是借此避免和松永接触罢了。

然而房子并不是总能如愿。尤其是工作忙起来的时候,是由不得自己挑选摄影师的。

九月中旬,房子负责采访一个女演员时,一时找不到其他摄影师,于是不得不拜托了松永;九月末要进行"秋季北陆之旅"的取材时,主编也曾指派松永同去。

采访是在白天,而且又是在东京,房子就接受下来了;至于到北陆取材,则以"家里有急事"为由推掉了。若在平时,一听说初秋时节能去金泽或者能登半岛,她一定会欢欣雀跃,然而现在想到要和松永两个人一起过夜,就只能逃开了。

和丈夫争吵过后,房子决心不再靠近松永。

事到如今,不管是丈夫背叛了自己,还是自己太草率,房子已经不想再去纠缠吵架的原因了。事情已经发生,就算后悔也无济于事了,现在最重要的就是不要再和松永见面。

房子不知道丈夫后来有没有再和机场遇到的那个女人见过面。虽然她无法了解丈夫的全部行踪,只能一个人在旁想象,不过至少从表面上看,修平这一阵子还是颇为自律的。

看到丈夫这样的表现，房子心情自然不坏。

不管怎么说，看来丈夫并不想离开自己和那个女人在一起。能够了解到他虽然在外花心，却无心破坏家庭，已经是这次吵架唯一的收获了。

如果丈夫是这样的心意，那么自己也必须反省才对。

房子之所以接近松永，完全是因为忍受不了修平带回家的那股陌生女人的味道。她满心的厌恶却要不住地压抑自己，那种快要窒息的感觉让她不知不觉投入了松永的怀抱。且不说结果如何，房子最初就是想要逃离那股萦绕在修平四周的女人气息。

近来房子没有察觉到那股味道，看来修平没有在外偷腥，那么房子觉得自己也没有必要再和松永见面了。

北陆之旅的计划被房子推掉之后，由一位名叫小泉志津子的女编辑接手了。虽然是房子自己把工作让出去的，不过志津子足足比她年轻十五岁，这还是让房子感到极为不快。

他们是不可能在旅途中产生特别的感情的，房子虽是这么想，心里还是免不了担心。

都已经决定不再和松永来往了，心里却还在意这样的事情，房子对自己的想法很是惊讶。

她一再告诉自己这不是妒忌，然而志津子一回来，房子马上就去打听出差的情况了。

志津子性格开朗，向来有问必答。她得意洋洋地跟房子畅谈金泽和能登的古屋和美味的料理。看她那若无其事的样子，绝没有半点儿暗含私情的痕迹。

房子终于松了一口气，但随即被放下心来的自己吓了一跳。

这么一来，再也不跟松永交往的誓言就失去了意义。与其为此烦恼，还不如把自己的想法清清楚楚地讲给松永听。

"我们结束以前的关系，从今往后，做工作上的好搭档吧！"如果这样开诚布公地讲，松永肯定也会轻松起来的。

松永听了这话会是什么反应，房子其实并不清楚，他会生气也说不定。不过房子并不讨厌他，不然她不会对他的事情这么挂心，什么事情都想找他商量。她还想继续跟他一起工作，还想珍惜两个人之间的感情。

关键只有一点，那就是避开之前的男女关系。

就当成是女人的任性吧，无奈这是让两个人长久相处下去最好的办法了。

如果开诚布公，松永应该会理解的。

可是一想到要在何时何地以何种方式跟松永坦白，房子就拿不定主意了。如果简单地把他叫到咖啡厅讲一声，那似乎太绝情了，可是如果选个稍微正式点的地方，又觉得难以启齿。

不管怎么说，还是应该见次面，把话讲清楚。就这么踟蹰着，三个多月的时间不知不觉地过去了。

在这段时间里，松永一定也很疑惑。刚开始还能作出一副从容不迫的样子，可是再过两个月就沉不住气了，终于在夏末的某天打来了电话。

"有什么事吗？"房子淡淡地问道。

松永的声音没了底气：

"没什么事，我想知道你怎么了……"

"我很好啊……"

之后随意谈了谈天气和工作上一些不痛不痒的话题，便挂断了电话。

他本就不是个强人所难的男人,所以不会再追问什么了。即使偶尔在公司里碰面,也只是温柔地看着她而已。

然而到了九月末,松永终于失去了耐性,电话里说话的口气也变得严厉起来。

"你是在躲着我吧?"他问得直截了当。

"没有那回事儿。"

"你和你丈夫之间是不是发生了什么事?"

"是啊……"房子的话说到一半便没有了声音。

要说,最好趁现在。在电话里不用面对面,说起话来比较方便,然而房子又担心万一说出口,两个人的关系会就此结束。既然这是关系到两个人的重大问题,还是应该选个气氛合适的地方谈。

"我迟早会告诉你的,请你再等一等。"

挂掉电话之后,房子惊讶于自己的犹豫不决。都准备跟他分手了,却还在考虑见面的地点和气氛,如果决心要分开,不是在哪儿说都行嘛。

这么在意气氛到底是怎么回事?

"难道,我不是真的想和他分手吗?"

房子被这闪过心头的声音吓到了,慌忙抬起了头。

"莫非……"房子不禁失声叫道。

然而下一个瞬间,又有一个声音从心底传来。

"果然还是舍不得……"

本已下定决心分手,为什么还心存眷恋?难道是心里已经放下,身体却还对他存在着难以割舍的欲望?

想到这里,房子极其厌恶地甩甩头。

一个理性的编辑，绝不能为了身体的欲望和男人纠缠不清。由美也曾经说过，这样的男女关系绝对要不得。

　　也许现在还不至于沦落到这种境地，而那样的不安从心头闪过，就已经让人无法忍受了。

　　房子决心不再去想松永了。毫无头绪地胡思乱想，只会让她感觉自己十分悲惨。

　　不过，也许不思考又是另一种形式的思考。

　　像是看穿了房子的犹豫，三天前，松永交给她一封信和一张音乐会的门票。

　　那天下午三点，房子刚要走出楼下咖啡厅，松永忽然进来，递给了她一本书。

　　"这个，请你稍微看一下。"

　　那是松永同事最近出版的一本摄影集，翻开一看，里面夹着一封信。

　　"我希望能和你好好谈一谈。精彩的音乐会过后如何？我会等你的。"

　　信里只写了短短几句话，一如松永惯常的稳健含蓄，然而透过字里行间，房子仍能体会到他希望见到自己的迫切心情。

　　房子把信纸和入场券塞进了手提包，回想起松永递东西过来时的情形。

　　准备离开咖啡厅的时候，松永忽然擦肩而过，这毫无疑问是他事先设计好的，否则绝不可能那么凑巧。

　　想到这一点，房子更能领会到松永的热情了。

　　"怎么办好呢？"

　　房子的面前，天很快就黑了下来。

茫然中时间过得最快。

房子突然回过神儿来,收回望向天空的视线,看了看手表,已经五点多了。如果决定出门,那就只剩下三十分钟的准备时间了。

"怎么办呢……"房子又自问了一次。

就算去听音乐会,也不是为了和松永约会。作为一个编辑,有必要去见识一下新建的音乐厅,而且这也是主编的意思。

"这可是为了工作。"房子这样告诉自己,离开了阳台。

既然要去,就得快一点儿了。

房子立刻坐到了梳妆台前。现在已经没有时间去美容院,只能自己拿梳子整理一下了。

看着镜中的自己,房子后悔没有早点儿到美容院去打扮一番。

不过仔细一想,既然是为了工作,还是这样去比较自然,专门去趟美容院似乎有些夸张了。

正因为是要和松永见面,房子才不愿打扮得太刻意。她想让自己看起来自然朴素。

不过她还想让自己在自然朴素中透露出一丝华丽。

和电影院不同,音乐厅里灯火通明,每个人的表情都能看得一清二楚。特别是松永就坐在身边,脸上若有什么瑕疵,根本逃不过他的眼睛。

松永曾和小泉志津子一起出过差,房子虽不会认为自己的肌肤能够胜过年轻女孩,但是也不愿让松永感觉自己上了年纪。

房子又看了看镜中的自己。

三十多岁脸上开始出现皱纹,现在快四十岁了,皱纹明显多了起来。两三年前,眼角的鱼尾纹还不算深,如今已经从眼睛周围延伸到了耳际,甚至还沉淀了一些色斑。

说心里话,房子现在很怕照镜子。她不愿看到衰老一天天不可抗拒地侵蚀自己的容颜。

那些老婆婆们在几十年的时间里,就是这样每天亲眼看着自己渐渐老去的吗?房子对她们的坚强意念感到惊奇。

无论如何,还是要打扮得年轻一些。

房子用化妆棉在两眼深皱纹的地方涂了层粉底霜,为了让自己显得年轻一些,又用眉笔把眉尾微微向上提了提。随后把下唇的唇线外扩了一些,涂上淡淡的唇彩让嘴唇丰盈了起来。

涂着口红,房子忽然发觉自己潜意识里是为了松永才准备了这样的妆容。

"我简直就是为了给他看才化妆的嘛。"

房子忽然觉得自己做了错事,立刻停住手。

"怎么这么轻浮……"

刚想骂自己几句,一抬眼看到了镜中的自己正难得地焕发着光彩。

这几个月来,她化妆只是为了应付出门,并不需要给谁看,只要不被当成黄脸婆便好。

然而,今天她心里有了寄托,这样的精心准备已经是好久不曾有过的事了。

"算了,不想了……"

房子不让自己再想下去。

不管是为了谁,美丽总不是件坏事。

犹豫中,化妆花了很长时间,搞定的时候,已经过了五点半。

接下来房子开始匆匆忙忙挑选衣服。松永喜欢朴素典雅而又能衬托女人魅力的衣服,那些时尚的花哨的都不合他的口味。

挑来挑去,房子选中了一套格纹软呢西装,里面一件无袖的紧身上衣,这样夜晚的豪华气氛便显现出来了,背包和鞋子也配合了晚装的气质。房子再一次意识到自己的装扮已经超出了平时的水准。

"我这个样子,谁看了也不会觉得是为工作去的……"

房子虽然有些踌躇,但是时间紧迫,于是慌忙出了门。

到达六本木的音乐厅时,音乐会已经开始了。房子的位子在中间,不方便中途进场,于是不得不站在门边的通道上欣赏开场曲,是巴赫的赋格曲。

不愧是花费了70亿日元巨资打造的音乐厅,它的奢华,它高高的穹顶和它圆形环绕的观众席都让人耳目一新。在稍暗的灯光中,房子听着管风琴美妙的声音,开始寻找入场券上的位子。

左前方第三排的中间空着一个位子,能看到旁边松永那一头蓬乱的头发。大概是等到开演前一刻房子还没有出现,于是一个人失望地坐下了吧。

房子也觉得自己不该迟到,不过那是因为她一直在犹豫到底该不该过来。

看着松永的背影,房子忽然有种想转身回家的冲动。

如果只是为了见识一下音乐厅的样子,那么站着听上一曲已经足够了,而且现在回去,也能免去对丈夫的愧疚。

"回家吧……"

房子心里这样告诉自己,但是双腿却动也不动。

好不容易到这里来了,实在没必要勉强自己回去,权当是来听音乐会的好了。

房子视线所及之处,是松永略微蓬乱的头发和他宽厚的肩膀。

凝望着这个无比熟悉的背影,房子心里渐渐生出一丝眷恋。

房子就这样目光追逐着松永的背影,耳边回响着管风琴美妙的声音。

看似毫无瓜葛的背影和音乐,在她眼中似乎产生了某种关联。

不久,一曲终了,厅中灯光大亮,演奏者站起身向观众致谢。

镶着金丝的藏青色礼服在灯光的照耀下闪着宝石般美丽的光芒,会场里爆发出一阵雷鸣般的掌声。

演奏者暂时退了场,然后返场再次接受大家的掌声,之后便是短暂的休息时间。

房子正犹豫不决地站在一旁,松永却站起身回过头来。

还没等房子移开视线,松永就已经发现了她。很快,他穿过人群来到了房子面前。

"你来晚了。"

"对不起。"

见面之前纵有千思万虑,一旦见了面,道歉的话还是脱口而出。

"我还以为你怎么了,刚刚还打电话到你家。"

"家里没有人接呀。"

"所以我想你一定是来了。"

房子心想,自己为了来还是不来这个问题烦恼不已,他却像是算准了我会来。房子心里感到有些不满。

"不过还好,到现在只演奏了一首曲子而已。"

两个人并肩走到大厅走廊上,松永重新端详了房子一番。

"你今天真漂亮。"

"真的吗?"

"真是美极了!"

松永平时从不轻易表达自己的感情,所以这一句赞美让房子心里充满了甜蜜,如获至宝般欢快起来。

"这音乐厅很不错吧?"

"主编也说最好亲自来看看。"

短暂的休息时间过后,两个人并排坐到座位上,房子的心情终于平静了下来。

大厅的灯光再次暗下来,演奏开始。

先是瓦格纳的《唐豪瑟》,紧接着,施特劳斯的《庆典前奏曲》把会场的气氛带入了高潮,最后在圣－桑《第三交响曲》所营造的浪漫情调中,音乐会圆满结束。

"没有白来呀!"

房子不停地鼓掌,心里真诚地想。如果待在家里冥思苦想,最后也就是一个人吃吃饭,看看电视。与之相比,欣赏音乐会显然充实得多。在如此豪华的音乐厅聆听如此美妙的音乐,真是莫大的幸福!

"谢谢你。"

房子向松永低头道谢,随后慌忙换了一副严肃的表情。

刚才的谢礼是为了感谢松永对自己的邀请,其中没有掺杂任何多余的亲密。房子急着跟自己争辩,却并不晓得松永是否注意到了。

"我们出去吧。"

被松永催促着,房子站起身来。涌到过道上的观众向中间的出口走去,脸上挂着同样的兴奋表情。

出了音乐厅便是广场,那里周围是林立的高楼,从那儿可以看到夜空中的月亮。

"还没吃晚饭吧?"穿过广场的时候,松永问道。

房子含糊地点点头,松永马上指着左边灯光闪耀的角落。

"那里有个不错的餐厅,去看看怎么样?"

"可是……"

房子停下了脚步,松永却不理会,继续朝灯光的方向走去。

"现在是要去吃晚饭吗?"

"嗯,因为急着赶来,没来得及吃。"

松永似乎事先已经决定好要去那儿了。他用力推开旋转门,走进了餐厅。

松永很少这样强硬,如果再拒绝,也显得太小家子气了。

在服务生的引导下,他们走到里面角落的位子,面对面坐了下来。整个餐厅以黑色为主色调,配上金色的梁柱,豪华与别致兼而有之。

"我都不知道还有这么一家餐厅……"

"隔壁还有一家酒吧。"

房子点点头,心里有些不安。

以往两个人约会都是在气氛轻松的地方,说话也可以随心所欲,然而现在,在这样高级的餐厅里,两个人在用敬语对话,一如今天在音乐会场见面时的尴尬。

不一会儿,服务生把餐前酒端到了两个人的面前。

"那么,请……"

松永率先举杯,轻轻碰了碰房子的酒杯。

以前他们也曾举杯对酌过,每次都会互道"恭喜"或者"干杯",

偶尔还会眉目传情相视而笑,然而现在两个人什么都不说,目光也不知所措地躲闪着。

"我们……"

喝了一口雪利酒,松永像往常一样微微偏着头说道:

"已经好久没见面了。"

"……"

"是从六月去了大阪以后吧。"

和丈夫那次激烈的争吵是在第二天的夜里,细想来,两个人确实已经有四个月不曾相对而坐了。

"你一直很忙吧?"

"松永君你也是吧……"话说到一半,房子便不作声了。

这样的称呼方式似乎又让两个人的关系回到了从前。房子不想因为这点疏忽而让松永误会。

"我还担心你今天不会来了。"

"……"

"我回过头看到你的时候,真的很开心。"

房子心里明白松永的这份情意,不过还是不安了起来。

比起他现在的温柔,房子宁愿他单刀直入地问她为什么不和他见面。就算他直截了当地质问她"你是害怕你丈夫,所以从我身边逃开的吧?"也比现在来得轻松痛快。

总之,今天就是为了接受他的责备来的,既然横竖免不了这个话题,还是不要兜圈子,直奔主题比较好。

"这段时间一直都没能和你一起搭档……"松永的话还是让人不得要领。

"这次到京都的采访,是不是也不能一起去?"

下次的专访有关京都美食，主编想让房子和松永一起去走访取材，不过三天前被房子拒绝了。

"我刚好有事……"

"我想也是这样。"

"之前到北陆出差是和小泉小姐一起的吧？"

"听说这次也是和她一起。"

"又是和小泉小姐？"房子不由自主地反问。

听到自己略显粗鲁的声音，房子感到一阵脸红。

这时服务生送上了一碟开胃腌鱼。

房子用刀叉切着鱼，为自己的任性感到懊恼。

今天来六本木是为了听音乐会，并不是为了和松永见面。和他一起吃饭是受他邀请推脱不掉，并不是自己主动要求的。已经不想再为松永的事烦心了，从今往后也不想再同他有任何的亲近，已经这样告诫自己很多次，心里也打算接受这个事实了。

然而，一听说松永还要和小泉志津子一起出行，房子还是瞬间动摇了。

上次是北陆，这次是京都，为什么非要和志津子一起？那么多女编辑，挑来挑去还是挑中了志津子吗？

这本是自己推掉的工作，而且松永和谁一起出差那是他的自由，可是这么在意是不是和志津子一起到底是为什么呢？

已经决心要离开他，却还在心里挂念着，而且对年轻女孩心存嫉妒，这也太不像平时的自己了。

"镇定一点！"房子暗暗说道。

为了掩饰心里的不安，她慌忙喝了口酒，却不小心呛到了。

"是不是有点辣？"

"不是……"

丈夫修平不怎么喜欢洋酒,说喝什么都是一个味道。松永则非常讲究,刚才还把调酒师叫过来详细地询问了一番。不用说酒,衣服鞋子也都是这样,看他穿着随意,其实特别讲究。现在他身上就穿着一件皮质肩头的夹克和一条牛仔裤,如果是同龄的上班族穿这些可能稍显花哨,不过穿在松永身上却显得潇洒得体。至少,跟常年穿西装的丈夫比起来要讲究和精致得多。

"我发现了一个很有意思的酒吧,就在六本木,不过只卖葡萄酒。"

"没别的喝的了?"

"可能还有威士忌吧,不过葡萄酒是应有尽有。"

松永用他那修长的手指捏着酒杯的杯颈,轻轻饮了一口。同丈夫骨节突出的大手比起来,他的纤细显而易见。

仔细看看的话,不光是手指,他们的体态、动作处处都形成鲜明对比。丈夫肩宽体壮,但性情急躁;而松永则过于清瘦,且温文尔雅,他拍摄每张照片都极其谨慎,以至于有些年轻编辑会因为等不及而生他的气。

如果非要找出他和丈夫的共同之处,大概就是沉默寡言这一点了。

这样想来,房子之所以被松永吸引,可能就是因为他跟丈夫有很多的不同。可以说,她是想要得到丈夫所不能给予的浪漫情调才与松永接近的。

丈夫当然不会注意到这一点,只当他们纯粹是因为变了心才凑到一起的。

"我们这次去那儿看看怎么样?"

松永的这句邀请让房子一下子回到了现实。

"那儿的老板是个很风趣的男人。"

似乎以为两个人是在约会,未曾想到房子只是为了听音乐会才来的。

"法国和奥地利有不少'酒家'吧?"

房子点着头,控制着不让自己用"松永君"这个称谓称呼他。

以前能够心平气和地这样称呼,可是现在如果说出了口,就会让两个人的关系退回到从前了。

松永继续酒的话题,后来发现房子似乎没什么兴趣,便动手切着主菜烤乳羊,聊起近来的工作,说到一半,他忽然感叹道:

"还是和你一起工作最顺手。"

看房子默不作声,他继续说道:

"最近的年轻人真是什么都不懂。我认为满意的照片他们不采用,我觉得还有待商榷的他们却大用特用。"

"是不是排版的需要?"

"可是如果负责人认真一点儿的话,就不会出现这个问题了吧。我们花尽心思拍的照片,却因为他们一句排版需要就埋没了,我可受不了。"

松永的话不是没有道理,不过完全按照摄影师的要求选用照片的话,有时也会使正文无法排版。

"因为发了不少牢骚,现在的年轻人都不怎么亲近我。"

松永的优点就是不会因为你是主编就去阿谀奉承,不过这也让他失去了不少工作机会。

"小泉小姐不是挺好的吗?"

"嗯,她比较直率。"

松永回答得这么爽快,让房子有些扫兴。

"下次不是还要一起去京都吗?"

"到京都主要就是为了拍照片,还是很有意义的。"

"看起来和年轻女孩儿一起挺开心的嘛。"

房子发觉自己已经被嫉妒冲昏了头,不过松永似乎没有注意到,这让她还想再挖苦他几句。

"你还是挺中意她的吧?"

"一般吧……"

"那就是她中意你喽?"

"你这是什么意思?"

松永像是终于明白了房子的意思,表情忽然严肃起来。

"我之所以和小泉小姐一起,那是因为你不肯跟我一起去。"

就算我不去,你也用不着非得跟年纪轻轻的小泉一起去啊。房子很想这样质问他,可是这话一旦出口,女人的嫉妒心便会暴露无遗。

"你为什么不和我一起去?"

"……"

"你在躲着我吗?"

房子没有出声,把手里的刀叉放到了碟子两边。

这几个月来,逃避松永是不争的事实。房子一直劝诫自己不要重蹈覆辙,那么最好的办法就是尽量避免两个人单独相处。但是,这并不代表她讨厌松永。

"是不是发生了什么事?"

"……"

"请你告诉我!"

房子低下眉眼,心里寻思着该怎么对他说。

"丈夫知道了我们的事。""从大阪回来之后,丈夫和我大吵了一架。"这样说都可以,不过一旦挑明了,两个人的关系也就结束了。

"我有事要拜托你……"

房子把手放在膝上,视线停在松永胸前的米色衬衫上,继续说:

"我们从今往后做朋友吧。"

"朋友?"

房子点点头,松永若有所思地看着远处,好一会儿才喃喃自语道:

"这,好难啊……"

刹那间,房子感觉那拖长的声音就像是从心灵深处发出的呻吟。沉默了好一会儿,松永才继续说道:

"你的意思是不想再像以前那样约会了,是吗?"

"那样不好吗?"

"先不管好不好,我只想知道,这是你的本意吗?"

房子刚想点头又止住了。确实,她不愿跟松永约会的想法很强烈,不过也不能说她完全断了跟他见面的心思。

"那我们该怎么办?"

"什么怎么办?"

"我们之间已经没希望了吗?"

即使放弃了以前的亲密关系,我们也还可以像现在这样见面,像往常一样一起工作。不仅如此,如果他能把我当成朋友,我会比以往更愿意和他搭档。就因为不再有肉体上的关系了,就摆出这副严肃的表情,他到底是什么意思?这么说来,他想要的只是我的身体而已?

"松永,我觉得很奇怪啊。"

"什么奇怪?"

"我们不是跟从前一样吗?"

松永似乎无法理解。他眼神空洞地愣了好一会儿,才终于提起了精神。

"这么一来,不就和其他人一样了吗?"

"其他人?"

"其他编辑……"

"那不可以吗?"

"我想要跟你关系更亲密一些。"

意外地听到松永强硬的口气,房子抬起了头,看到松永正直直地盯着自己。这个平时从不正眼瞧人的男人正一脸凝重地看着自己。

这样的逼视让房子透不过气来,她赶紧把脸撇向了一边。正巧这时服务生送来了餐后咖啡,房子立刻有种获救的感觉,拿起汤匙不停搅拌。这时,松永发了话:

"待会儿要不要去隔壁的酒吧?"

房子没有回答,偷偷看了看手表。

"还不晚,怎么样?"

已经九点半了,就算现在直接回家,等到家也十点多了。

虽然跟丈夫讲了今晚会晚点回家,但是再晚也不能超过十一点。

"我今天只是来听音乐会的。"

"可是我们好不容易才见上一面,能不能再多留一会儿?"

现在的房子对"好不容易才见上一面"这种说法很敏感,这么一来,就超出了朋友的界限,变成恋人之间的对话了。

"就在隔壁,去看看吧?"

"对不起,今天请让我回去吧。"

"那下次什么时候能见面?"

松永这么一问,房子才发觉自己刚刚的话有些暧昧的意味。"今天请让我回去吧"暗含的意思不就是今天不行,但是改天可以。

"什么时候都……"

"那明天可以吗?"

"我刚才不是说过了吗?我们以后还是做朋友吧。"

"我不要!"

看着使劲儿摇头的松永,房子觉得坐在自己对面的只是一个情窦初开的少年。

"我想再好好谈谈我们的事。"

"我们?"

"我和你的事。"

"这件事已经……"

"你是说没有商量的余地了吗?是说两个人不能单独见面了吗?"

面对松永的追问,房子有些不知所措,然而心底却升腾起一种满足感。

"是因为你讨厌我吗?"

"不是……"

"可是,你不是不愿意跟我单独见面吗?"

看到房子点了点头，松永轻轻地敲了敲桌子。

"到底哪句才是真话？"

事实上，房子不讨厌松永，但是也不想跟他单独约会。两者看似矛盾，但是在房子的心里，它们都是真实存在的。

"你是喜欢我还是讨厌我？请你明明白白地告诉我！"

男人为什么一定要黑白分明呢？你难道就不明白我喜欢你的心情也掺杂着不喜欢的成分吗？

"老实说，我已经受不了现在的状态了。"

"我是想让你告诉我到底是哪一个！"松永的眼神一下子变得十分哀怨。

"……"

"你还是讨厌我了吧……"

"对不起！"

房子抓起身边的皮包站起身来。

"我先走了！"

丢下呆若木鸡的松永，房子向出口走去。

不顾身后松永的呼唤，房子径直走出餐厅，来到了音乐厅前的广场。刚才还人声鼎沸的音乐厅已经关了门，水泥地面的广场上空，月亮挥洒着清辉。

房子横穿过广场，穿过饭店的走廊，站在了出租车站台旁。

松永像是从身后赶了过来，房子还是立刻坐上了等在一旁的出租车。

车子发动了，房子把身子靠在椅背上之后，一股巨大的失落感让她不禁回头张望，却只看见夜晚的街道在灯光中绵延而去。

通过六本木十字路口的时候稍稍花了点时间,等房子乘车到家,已经十一点多了。房子快步穿过走廊回家一看,发现丈夫还没有回来,房间里还是她出门之前的样子。

房子觉得有些沮丧,不过同时也放下心来。

这样就可以瞒过跟松永的约会,装出一副等待已久的样子迎候丈夫回家了。这点狡猾的小心思还是和松永交往之后才有的。

以前,顶多是为了偷偷买件衬衫或者多给孩子些零用钱这些无关紧要的小事才会在修平面前撒谎,然而,现在的她却能若无其事地装作欣赏完音乐会就回来的样子。

是秘密让女人变成了撒谎高手吗?房子不喜欢那样的自己,不过她已经好久没有体验过今天这样的惊险感觉了。

这四个月来,房子没有做过一件愧对丈夫的事,日子过得坦荡而且单纯。没有谎言的日子让她心静如水,不过也因此少了些紧张和刺激。

这样看来,今天和松永一起吃饭,拒绝他去酒吧的邀请,在丈夫回来之前偷偷溜回家,这些事情都充满了刺激。

房子体会着它们带来的淡淡的满足,换上家居服,然后卸了妆。

不到十分钟,她便恢复了出门之前普通主妇的模样。

自己的美只展现给松永一个人看,这让房子不禁觉得丈夫有些可怜,不过现在再打扮一番也太不自然了。

接下来,她打开电视机,烧了壶热水,泡了杯清茶。

一个人坐在沙发上喝着茶,房子感到了满足。不同于少女时代的青春躁动,她只觉得身体里充满了生机。

她享受着这样的自己,忽然很想打电话给由美。

和她打电话不需要顾虑是不是深夜。

拨通之后,由美很快就接了电话。她是和同事一起吃饭的,也是很晚才回家,像是刚刚洗好澡出来。

"我今天去了S音乐厅。"

听了这话,由美立刻反问道:

"和谁去的?不是一个人吧?"

房子一时没了话,这时由美缓缓地问道:

"是和松永一起吧?"

"怎么会……"

"别装了,快招供吧!"

已经被看穿了,再隐瞒也是白费工夫。房子在电话前点了点头。

"不过只是一起听了音乐会哦。"

"是吗……"

"是真的!后来我就老老实实回家了呀。"

"不过去跟他见了面是千真万确的吧。"

"……"

"我说得没错吧?"

由美叹了口气,继续说道:

"你果然还是喜欢他的。"

"才没有……"

房子拿着听筒摇了摇头。

"如果讨厌他,你就不会去了,不是吗?"

"话是没错,可是他约了我好几次,我才……"

"现在你丈夫不在吧?"

"只有我一个人在……"

房子环顾了一番之后,点了点头继续说道:

"倒不是喜不喜欢的问题,只是觉得有些刺激。"

"这么说,你是为了寻求刺激才去的?"

被人这么直接讲出来,房子觉得很难回答,不过她确实是为了体会那种紧张的感觉才出门的。

"不是约会,只是听了音乐会而已呀。"

"你之前不是才说过要跟他一刀两断吗?你丈夫也在反省呢,你就不怕再吵一架吗?"

"不会有问题的,我们真的只是见了见面而已。"

"这是你的事,随便你吧……"

由美这一放手又让房子不安了起来。

"管风琴的音色很不错哦。"

房子故意把话题转到了音乐会上,不过后来还是把和松永吃饭的事也汇报了一遍才挂断了电话。

和由美通过电话,总算了却了一桩心事,抬眼看了看钟表,已经过了十二点了。

电视上已经在播深夜节目了,年轻的女孩子们正在屏幕上频频抛着媚眼。

房子眼睛盯着电视,心里回想起今天早上的情景。

丈夫说今晚会在外面吃饭,不过不像很晚回来的样子。房子本以为他十点,最迟十一点也该到家了。

"早知道这样,就不用那么急了。"

"吃过饭之后松永还邀请我去酒吧,早知如此,再待上二三十分钟也没关系啊。我拒绝的时候,松永像是特别遗憾的样子,如果我能和他一起去,不知道他会有多高兴呢。"

好不容易有机会听了一场精彩的音乐会,心情特别好,却为了丈夫早早回来,白白浪费了时间。想着想着,房子渐渐怨恨起丈夫来。

今天一整天都在犹豫着该不该和松永见面,吃了饭之后逃也似的回了家,这些全都是为了他,结果都十二点多了,他还没有回来。

房子失眠的时候常常会喝些保健酒,不过今天喝了一口还是静不下心来,只能无聊地换着电视频道。她刚刚准备回卧室睡觉,门铃突然响起。

房子轻轻拢了拢头发,整理了一下前襟,走到门口的时候,丈夫已经自己拿钥匙开门进来了。

"嘿……"

回家的时候,丈夫总会像野兽似的哼上这么一句。这一个字似乎能把"我回来啦""还好吧""我累了"所有的意思都包含在内。

房子绕到他身后关上了门,修平则径直走进书房放下公文包,然后又进了卧室,开始脱他的西装。

"你去喝酒了?"

"少喝了点儿……"

修平含糊地点点头,不过看他满身酒气醉眼惺忪的样子,像是喝了不少。

"跟广濑喝的。"

"又是他?"

"他这一阵子一个人挺无聊的。"

"怎么一个人？他太太不在吗？"

"我是说他现在除了太太，没有其他女人了。"

平时基本上不和丈夫讲话，今晚却说得这么流畅，房子在惊讶之余继续问道：

"这是什么意思呢？"

"没什么。给我倒杯冰水吧。"

房子从冰箱里取了矿泉水和冰块出来，递给了修平。修平一口气喝干，接着就往沙发上一横。

"不能睡在这儿！"

"我就看会儿报纸。"

修平把桌子上的晚报举在眼前，过了一会儿问道：

"你几点回来的？"

修平问得突然，房子停了一会儿才回答：

"十点多吧。"

房子紧张地等着他的下一个问题，可是他却打了个呵欠，继续看他的报纸。

看来他只是随便问问，没什么特别的用意。

房子安心地走进隔壁的卧室，开始铺被子。自从那次争吵之后，房子已经习惯了铺被子的时候在两个人的被子中间空出大约五十厘米的距离。

铺好被子回到客厅一看，不出所料，修平果然把报纸盖在头上睡着了。

"老公，起来啦！"

把报纸揭开，修平像是被灯光晃到了眼睛，立刻把脸别开了。

"被子铺好了，到房间里睡吧！"

"知道了……"

"在这儿睡会着凉的。"

任凭房子怎么摇,他都没有反应。房子只好从橱柜里拿了条毛毯过来,盖在了他的身上。随后她把桌上的茶碗和玻璃杯洗干净,等她换上了睡衣准备睡觉的时候,已经是一点钟了。

明天九点开会,所以明天八点必须出门。

房子把暖气开大了一些,只留下阳台上那盏壁灯,回头看了一眼沙发上熟睡的丈夫。

醉是醉了,不过还好,身上没有女人的味道。

"我也去睡了。"

房子小声说了一句,准备回房休息,忽然一时兴起,来到了阳台。

从六本木回来的时候,竟然没有注意到天上那么美丽的月亮。浑圆饱满的银月,中间飘着一抹红色,显得格外妖娆妩媚。

秋深了,夜也凉了,刚刚燥热的肌肤在夜风的吹拂下反而清爽了。

房子把双肘搭在栏杆上,手托着两颊,凝望着那一轮明月,不由自主地想起了松永。

分手之后他是直接回家了,还是一个人跑到什么地方喝酒去了?平时那么安分,万一喝多了真不知道会是什么样。

他该不会现在已经喝得酩酊大醉了吧?想着想着,房子好希望能再见到松永。

老实说,正鼾声大作的丈夫身上没有一丝浪漫情调。

经过近二十年的夫妻生活,彼此放弃幻想,变得现实,那是无可奈何的事,可他这个样子也太无趣了。如果把这话说给丈夫听,他大概会一笑了之,权当是少女情结,可是女人有时就是会希望自己成为梦想中的公主,哪怕只是一小会儿,让她感到那样的浪漫和宠爱,她就会变得无比快乐和温柔。

"亲爱的……"房子拖着腮,对着那轮明月轻喃。

起初她也是这样称呼修平,后来就是松永专属的称呼了。不过,已经好几个月不曾用过了。

"亲爱的……"

房子靠着阳台栏杆,再次轻轻呼唤了一声,身体竟随之兴奋了起来。夜风轻轻拂面,惹得她脸颊泛起了红晕,心跳加快,掌心也渗出汗来。

"原来是这样……"

房子小声哼着,一个人点了点头。

她已经很久不曾有过这样的感觉了。从夏天到入秋以来,她一直在压抑着自己,不让自己春情萌发。她拼命克制自己,告诫自己,把那当成自己的本分,不得违背。

然而一旦开了头,那股冲动就像是多年的朋友般不失时机地贴过来。

"果然……"

房子望着月亮,喃喃自语:

"女人若想美丽,最好的办法就是找一个喜欢的人。"

第八章　花野

从青山大街到神宫外苑，绵延路旁的银杏树在深秋的阳光中闪耀着金黄色的光芒。走近一看，叶子已经开始凋落了，三三两两的人们正带着爱犬漫步于落叶之中。

每年这个时候，当修平看到这些鲜黄的叶子，都会感叹时间流逝飞快。

总觉得不久前这些树还绿意盎然，如今却连人行道都覆上了凋零的黄叶。

欣赏美丽的樱花、红叶之际，一年的时间悄无声息地流逝。人们正得意自己看到了难得的美景，却在不知不觉中又长了一岁。

从这个意义上说，自然之美是不容轻忽的。美景不断往复的过程中，人们逐渐老去。

看到落叶的时候，修平总会回顾自己的过去。

"我的人生，真的幸福吗？"

单从表面上看，修平大学毕业之后当上了医生，如今已经是东京数一数二的公立医院里的主任。照这样发展下去，将来也不是没有可能成为院长。

现在的生活虽然称不上有多了不起，但是也算大体过得去。而且，他家中还有贤妻乖女。非要找出个美中不足，就是他原本还想要个儿子，不过现在他已经不那样奢望了。

欲望是没有止境的。如果给他以前的人生打个分数的话，起码是可以拿到及格分的。

但是若要问他是否满意，那就要另当别论了。

修平还有很多心愿未了。

工作上，他希望自己多年来对脊椎外科的研究能够更进一步。还好，那只要按部就班自然就能完成，一定程度上，这项工作取决于时间和经验的积累，急是急不来的。

让修平更为遗憾的，是女人。

当然，他身边有妻子陪伴，还能偶尔和叶子幽会，如果再算上年轻时候交往过的女朋友和逢场作戏的一夜情，他阅历过的女人绝不在少数。

但是你要问他是否经历过一次像样的恋爱，那他就要心虚了。现在回想起来，除了和妻子相识之初，以及为了跟叶子私会而紧张的时候，他几乎不曾有过浪漫的感觉。

在这个方面，他可跟好朋友广濑差得远了。

人生之中，工作固然重要，然而女人带来的满足感也是不可或缺的。现在并不想提什么情啊爱啊之类冠冕堂皇的字眼儿，只不过，他实在想体会一下沉醉其中时的浪漫感觉。如果情感生活是空虚的，那么即使他工作一帆风顺，也会觉得人生是不完整的。

这些年来，修平一直向往一场轰轰烈烈的爱情。如果像现在这样平淡无奇地生活下去，他担心自己会遗憾终生。

修平之所以会有这样的想法,也可能是和年龄有关。

每当他想到自己已经年过四十,即将慢慢老去,他就会极力地想要挣扎,骨子里有个声音在拼命地呐喊:"绝不可以这样下去!"

这种时候,最简单无误的做法是和妻子恢复旧时的情意。和妻子初识时,每次约会他都会热血沸腾,新婚之初他也是下了班就直接回家。只要唤醒那些记忆,重新来过就可以了。

可是结婚到现在已经十七年了,想要唤起那最初的紧张感和浪漫情调已经不太可能了。

修平回家的时候一般妻子都在,在他心里,妻子就等同于自己的家,所以对妻子心存爱恋就如同对母亲或者姐妹心存爱恋一样。

不管多么深爱一个人,如果她在身边太久,都会觉得她是生活上的伙伴,而不是恋人。常说妻子是爱人,其实只不过是同居人罢了。

当然,也许这样说会遭到妻子们的反击:

"这是男人的自私。就算和妻子只是同居的关系,但既然是自己选的,就应该把爱意保持下去,这就是婚姻的责任所在。"

可是女人可能会就此满足,男人却不会那么容易作罢。

与其说这是男人的自私和任性,倒不如说这是男女之间的性别差异。本质上一个是外向的,一个是内向的,这就使得男女在情感上也有很大的不同。

当然,不排除有些女人有着和男人一样的心理,也常听说一个女人同时爱上几个男人的故事。

总之,对那个同住一个屋檐下,想见随时可见的人,是很难燃起激情的。

说得明白点,修平现在就是处于饥渴状态。

从札幌旅行回来的那一夜起,修平一直在极力回避和叶子见面。

而对于叶子来说,她为了修平千里迢迢跑到北海道,修平却在她面前炫耀妻子接机的浓情蜜意,她生气也是情理之中的。

他们偶尔会通通电话,不过叶子绝口不提见面的事。当然,叶子有她的骄傲,而修平又自觉愧疚,于是两个人都不动声色地保持着沉默。

所幸如此,过去每个月至少两三次的约会就此中断了。

不过他和妻子也没有因此亲近起来。

他和妻子原本就很少亲热,夏初冷战以来,两个人更是断绝了那种关系。就算知道她还醒着,也没有越过那条缝隙主动求欢的勇气,而妻子似乎也不抱任何期待。

要为以前的事道歉吗?如果强迫自己那样做,也许能和妻子重归于好,不过即便如此,也不可能在妻子身上体会到和叶子相拥时的那种充实,更何况他完全提不起道歉的兴致。

修平也不是没想过再换个女人,不过开始一段新的恋情,既费时又费力,当然,还不能缺钱。

广濑曾经说过"若真想轰轰烈烈就要不辞劳苦",可是一旦现实来临的时候,就很难轻易下定决心了。思前想后的结果,还是回到了叶子身上。

这几个月来,叶子的身体时不时就出现在修平的脑海中。

叶子看起来对性事不怎么感兴趣,其实骨子里相当放荡。修平要求她做的、说的,她一般都会乖乖地顺从。无法要求妻子的,都能轻松地对叶子开口,而叶子也会温顺地回应。

夏天从蓼科回来之后,修平时常会想起叶子。

独自在家的那两天本来是千载难逢的机会,可是一想到不能对不起妻子,就打消了念头。

当时修平为自己的选择感到十分骄傲,可是事后他又后悔了。

"怎么就没好好利用那个机会呢?"

修平一想到错过了那个机会就觉得可惜,心底对叶子的欲望也苏醒过来。

"不和叶子见面,我实在是平静不下来啊。"

也许见了面又会做出对不起妻子的事。可是如果继续这样下去,对身心都是一种折磨。压抑让修平渐渐焦躁起来。

本以为到了这把年纪欲望会慢慢地枯竭,谁知完全不是这么回事。

像是看穿了修平的焦躁,十一月的第一个星期一,叶子打来了电话。

那时门诊正忙,修平冷淡地应了一声,谁知传来的是叶子的声音。

"哎?"

修平不禁叫出了声。叶子平淡地问候了一句,之后言归正传。

叶子的一个朋友一个月前开始腰疼,在附近的医院治疗了一段时间但是没有起色,叶子想请修平帮忙检查一下。

"什么时候来都行!"修平点着头,紧接着问道,"你陪她来吗?"

"我就不来了。她叫中川章子,拜托你了。"

修平把名字记了下来,斜眼看着护士在一旁应付患者,对着听筒柔声问道:

"怎么样?"

"什么怎么样？"察觉到修平换了口气，叶子也压低了声音。

"不一起来吗？"

"我也要去吗？"

"再约时间也行，我有些话一定要跟你谈谈。"

后半句是信口胡说的，总之先把她约出来再说。

"求你了……"

修平对着听筒低三下四地请求，过了一会儿，叶子回答：

"下周二，我会到医院附近去……"

"就那天好了！"

星期二有个手术，不过修平还是当即答应了下来。

"时间呢？"

"如果方便，我想约在六点。"

"那就六点吧！"

那个时间离开医院是有点儿早，不过只要手术结束就不会有问题了。

修平说在涩谷公园街上的某个旅馆碰头，叶子也同意了。

"一定要来哦！"

修平嘱咐了一句放下电话，他发觉自己的脸不知何时开始烧了起来。

此时，修平欣赏着绵延至外苑的银杏树，走在去涩谷的路上，就是为了和叶子约会。

以往看到泛黄的银杏树叶，修平总会感慨一番，不过唯独今天，他完全没有时间沉浸在岁月易逝的感伤之中。

一想到事隔五个月终于能和叶子见面了，修平自然是激动万分。

不管怎么说,那电话来得正是时候。修平控制着自己激动的心情,开始盘算和叶子见面之后的安排。

今天手术拖了些时间,再加上青山大街上交通比较拥挤,修平到涩谷旅馆时比约定的时间晚了十分钟,不过幸好叶子还在等候。

"对不起……"

修平推开旋转门,举起一只手向叶子跑过去,心里激动得直想高喊万岁!

"手术耽搁了点儿时间,真是对不起了。"

修平用手帕擦了擦额头上的汗,这时叶子微笑着应道:

"我也是刚刚到的。"

"太好了!我刚刚一直在担心你会不会回去了。"

闹别扭之前,就算迟到十分钟二十分钟也没有必要担心,不过今天可是那之后的第一次见面啊。

"我们去吃个饭吧?有空吧?"

"我时间不多。"

"到十点怎么样?"修平问道。

叶子听了立刻摇摇头。

"那九点好了。"

今天叶子上身穿着白色衬衫和蓝色夹克,下身是同色的荷叶裙,右手拿着一条大围巾和黑色皮包,看上去朴素端庄,不过她本就美艳动人的身体配上那件稍大的夹克显得特别可爱。

"还是去吃点什么吧。"

为了节约时间,两个人来到地下一层空荡荡的寿司店。

"好久不见了。"

"最近还好吗？"

"一般般……你呢？"

"不怎么好呢……"叶子说完立刻小声笑道，"不过，现在好了。"

两人彼此倒上酒之后，互相碰了碰酒杯。

修平本想说"庆祝我们重逢"，又觉得太夸张了，只得将杯中的酒一饮而尽。

"你不是有话要对我说吗？"叶子不失时机地问道。

叶子突然一问让修平措手不及，之前在电话里他确实这样说过，不过那只是约她出来的借口而已。

"是关于你那个来看病的朋友……"

情急之下，修平提起了叶子在电话中拜托的那件事。

"她还没到医院来，一定会来的吧？"

"对不起，她本来打算马上过来的，可是不巧她儿子感冒了，我想这两三天就会来吧。"

"这个倒没关系，不过她最好带着之前的病历，这样比较方便诊断。"

"我想她会带来的。"

"最好把 X 光片也一起带来。"

"我回家之后马上告诉她。特意托你照顾，却拖到这么晚，真是对不起。"

"如果只是腰疼，也没必要那么急的。"

修平关注的不是那个介绍来的病人，而是介绍人叶子。

"就这么多了吗？"

"那人是你的朋友吗？"

"是以前住在目黑公寓的邻居。不过,现在搬了家就没怎么见过面了。"

叶子用公事公办的口气说着话,明明是两个人单独约会,却非要摆出为朋友才来的姿态。

"稍微吃一点儿吧?"

修平劝叶子吃些东西,同时体会到了那种久违的紧张感。

"今天是从健康中心直接过来的吗?"

"先到新宿办了点儿事再过来的。"

"我们真是好久不见了。"

修平深情地看着叶子,脑子里却在盘算着如何带她去旅馆。

怎么样不着痕迹地引她跟自己独处,才是他要大显身手的地方。

吃过寿司,上过茶水,修平轻轻说道:

"我们找个地方吧?"

"你说什么?"

修平是凑在她耳边讲的,叶子却装作没有听到的样子。

"现在还有时间嘛。"

"不去。"

叶子不慌不忙地摇摇头,嘴角露出了笑意。

"现在才七点呢。"修平把手表伸到叶子面前。

"我今天只是来听你谈事情的。"

"我已经说完了。"

"那我就该回家了。"

"你刚才不还说可以到九点吗?"

女人躲闪男人追赶,明明知道是在做戏,两个人却乐在其中,而这样的乐趣也是无法在妻子身上找到的。

"走吧?"

"去哪儿?"

吧台里的两个服务生正在跟其他客人说着话,不曾注意修平和叶子。

"这儿太亮了,我们换个稍微暗点儿的地方……"

"不行!"

叶子换上了严肃的表情。

"你太太会骂的!"

修平把剩下的啤酒一口气喝干。这话叶子终于说出了口,他一直为此忐忑不安,可是真到了这个时候,他反倒平静了。

"把那件事忘了吧……"

"你说得容易!"

"那真的是个偶然!"

"后来你们和好了吧?"

"发生了那种事,怎么可能和好啊?"

修平苦苦哀求,叶子却一副事不关己的样子喝着茶水。

"那天以后,我们一直冷战到现在……"

"……"

"几乎连话都不说……"

忍受不了叶子的一言不发,修平把手轻轻放在吧台上,低下头说道:

"我郑重地向你道歉,请你相信我。"

"这可不像你呀!"

面对微笑的叶子,修平再一次低下了头。

"求你了，去吧！"

"去哪儿呀？"

"旅馆……"事到如今也没有什么可顾虑的了，修平回答得直截了当。

"好不好？"

"那我们要继续交往下去吗？"

"当然了，我实在不能没有你啊！"修平用力地点点头说。

修平刚要站起身，却被叶子按住了手。

"我不要去那种旅馆。"

"那去哪儿呢？"

"总之，就是不喜欢那种地方。"

"就在楼上怎么样？"

"楼上是普通旅馆吧？"

"你等一下，我现在去订房间。"

"还有……"

叶子又用手制止了他。

"今天我九点就要回去哦！"

修平看了看手表点头同意。这时，叶子又接着说：

"我可没有原谅你，这点你可不要误会。"

先不管她说什么，现在最重要的是赶快进房间。

修平走到一楼的服务台，询问还有没有房间。

不凑巧的是，已经没有了双人房，只剩下标准间。修平心里遗憾却也没有时间犹豫，只好订了标准间，在租房卡上写下名字。

"速见……"写到一半，修平觉得有些不安，于是又改成了早川修一，地址也稍稍做了改动。

服务生似乎察觉到了修平的不安。

"很抱歉,能不能请您先支付两万日元的订金?"

修平有些不高兴,心想:我不会逃也不会躲,凭什么要我交订金?

"我可是东京大医院的外科主任!"修平很想吼出自己的真实身份,可是登记的名字和名片上的名字不一样,也没法掏出名片来给他看。

修平不得已交了两万日元押金。前台把收据和钥匙交给修平之后准备叫客房服务生过来。

"不用了!"

修平赶紧制止了,行李只有一个小皮包,却叫服务生拎到房间,这实在有些难为情。修平接过钥匙向等在大厅的叶子使了个眼色,两个人一起向电梯走去。打开7楼708房间的门,左侧墙边并排着两张床,再前面是一张小桌子,两边相对放着两把椅子,紧靠着右侧墙壁的是一张细长桌子,上面放着电视机。整个房间空间很小,只比单人房稍大一点,不过叶子似乎对这普通旅馆的格局甚是满意。

"还是这样的地方干净啊!"

叶子拉开白色蕾丝窗帘,向着窗外深吸了一口气。这时修平跟到旁边,一把将叶子揽到怀里。

"干什么呀!"

叶子慌忙闪开身,却被修平强拉入怀,疯狂索吻,她很快就放弃了挣扎。

"好想你啊……"这话修平脱口而出,没有丝毫的虚情假意。

和叶子最后一次约会是在六月的札幌,已经事隔五个月之久。

这段时间里,无论是妻子还是其他女人,他都不曾碰过。

不可思议的是,男人如果长期不碰女人,也会逐渐习惯那种状态,不会觉得特别痛苦,有时反而会感到轻松自在。

然而这一个月以来,修平心里一直想着叶子。不知是沉睡的欲望复苏了,还是和妻子的长期冷战使得男人的本能再一次勃发,叶子雪白如凝脂的肌肤不时地浮现在修平的脑海里。

现在,梦寐以求的时刻终于到来了。

修平粗暴地紧紧抱住叶子,把她向床上压去。

"不行!你放手!"

叶子像是没有料到修平如此性急,而修平本也打算先聊聊天再借机提出要求,谁知两个人一旦独处,他就忍耐不住了。

事到如今,也只能硬着头皮向前进了,现在停手的话,只会让刚才的一切显得愚蠢而且扫兴。

叶子用双手撑在床上想要起来,修平却把整个身子压了上去。

现在修平对叶子的冲动已经演变成了性虐,他脑子里只剩下不顾一切的欲望。

事实上,今晚并不全是修平一个人的责任。当然,电话里约她出来,然后一起吃饭,再带她到旅馆,这些都是修平事先设计好的,不过既然叶子指定了日期和时间,那么她理应料想到了这一切。

鱼既有情,水也有意。男女都明白这个游戏规则。

就这样,两个人尽情地享受这鱼水之欢。

朦胧的灯光中,修平轻轻拥着叶子,两人一丝不挂地躺在床上。

云雨过后,两个人温柔地贴在一起,刚才的矫情和抵抗像是从来都不曾发生过。

"几点了?"叶子慢慢地张口问道。

修平看了一眼桌上的表,九点了。

"真快呀……"修平轻声嘀咕。

"对不起。"听罢,叶子很快就起了身。

用被单裹住自己全裸的身体,叶子捡起刚刚散乱在床上的衣服,向浴室走去。

修平望着叶子的倩影,想起了家里的事。

今天出门的时候,修平对房子说今天可能会晚点儿回家。之所以用了"可能"这个含糊的字眼儿,是因为修平当时并不确定能否真的和叶子见上面,而且就算见了面,也不知道能不能一起去旅馆。听完修平的话,房子只是看了他一眼,什么都没有说,连晚饭怎么解决都没有问。看她不语的样子,似乎是认定了他晚饭不回来吃了。

沉默寡言是妻子自冷战以来一成不变的态度。

不过妻子今天的态度稍微有些不同,看起来像是理解了,同意了,但总感觉她其实并没有相信。

说不清到底哪里不对,只是觉得她的眼神闪了一下,不知是因为自己做贼心虚还是只是个偶然,不过她眼神里那一闪而过的恍惚是千真万确的。

"如果就这样直接回去,可能会被她发现的。"仰面望着幽暗的屋顶,修平心想。

"还是先洗个澡比较保险。"修平如此告诉自己,猛然发现自己已经五个月不曾有过这样的念头了。

叶子似乎没有洗澡,只是在浴室里穿上了衣服。

等修平也洗好澡出来,叶子正对着镜子梳头发。

"你一会儿直接回家吗?"

"是呀,怎么了?"

修平移开视线,点了一支烟,接着问道:

"你必须几点回去?"

"……"

没有听到叶子的回音,修平转过头看她,镜子里的叶子开口问道:

"我们是不是还要继续下去?"

"当然了!我是很想,你不想吗?"

听罢,叶子沉默了一会儿,回过头轻轻地笑着说:

"我们还真奇怪呢……"

确实,从夏天到秋天修平一直在心里告诫自己不能和叶子见面,可是现在却不顾一切地约了会,而且还打算继续交往下去。

"修平君还是离不开我吧?"

"当然了,你呢?"

"不知道呢……"

在男人的面前,这样的回答似乎有些冷淡,不过这也许就是她的真心话。

"我很想和你在一起!"

修平说得斩钉截铁,捻熄了手里的烟。

两人从旅馆出来的时候已是九点半。当然他们不是一同出门的,叶子在先,修平稍稍迟了一会儿。

走出电梯,修平准备直接去前台结账,可是没想到前台附近一个人影都没有。

几个小时前才订好房间,但现在就要结账出门,很明显是把这里当成了情人旅馆。虽说不会有人抱怨什么,但这样做总归不太合常理。

修平装作有事要出去一下的样子,穿过大厅向出口走去。

前台服务生可能认得修平的背影,不过既然已经交了订金,大概也就放心了。

修平推开旋转门向外走去,叶子的身影已经找不到了。

修平握着装在口袋里的房间钥匙,乘上了出租车。

与其现在结账还不如暂时先回家,明天早上去医院的时候再顺便过来一趟。反正去医院必然要经过这里。

车子发动后,修平回过头来看着刚才的旅馆,那些依然亮着灯的房间里,有一间正是刚刚和叶子共度良宵的708号房。

房费未结让修平略感压力,不过现在回家也是件很麻烦的事。

车子从涩谷车站前穿过,向车流拥挤的国道驶去。快到国道的时候,修平对出租车司机说道:

"能不能去趟青山大街?"

"您不是要去世田谷吗?"

"我忽然想买点东西。"

今早出门的时候,修平事先跟房子讲过今晚会晚些回家,所以现在这个时间回去也没什么不妥,不过修平还是觉得有些心虚。尽管两个人是在冷战,但是妻子一直自慎自戒,自己却违反了禁忌公然和叶子见面,而且还到旅馆开了房间。当然妻子不可能知道他今晚的行踪,但是就这样一言不发地回去总觉得太自私了。

到了青山大街之后,在下一个信号灯处向六本木方向走大概一百米的地方,有一家很受女性喜爱的蛋糕店。

以前，医药厂曾送过这家店的糕点，修平带回家给妻子的时候，她特别高兴。

房子虽然已经年过四十，可是看到蛋糕还是会像小孩子一样兴高采烈。

修平在店里挑了十个小蛋糕，装进盒子带上车之后，总算定下心来了。

并不是想借蛋糕敷衍过关，只是觉得这样可以减轻自己的罪过。

心情放松了，睡意也慢慢袭来，修平在车中迷迷糊糊地睡着了。

明亮的灯光扑面而来，而后旋即消失，不知不觉间，车子开进了昏暗的岔路口，终于停在了公寓门前。

修平拎着蛋糕下了车，看着没有星星的夜空，叹了一口气。

接下来马上就要面对等在家里的妻子了。

以前经常和叶子幽会的时候，每次回家修平都会紧张，而现在，已经事隔五个月之久，那种紧张感像是又在他心中苏醒过来。当时他为此感到烦躁，甚至讨厌紧张兮兮回家的自己，而现在他竟觉得这种感觉很让人留恋。

修平像是为了给自己打气，嘴里吹起了口哨，心里想着：男人一定要有所寄托。不仅仅是女色，那偷情之后的紧张感也能使人工作上干劲儿十足。修平这样安慰着自己，低下头看了看手里的蛋糕。

"只要带着这个就没问题了。"

修平咳了一声，正了正领带，拉了拉前襟，自己拿钥匙开了门。

"哎呀——"

妻子似乎有些意外,略带惊讶地点了点头。

"是不是我回来得太早了?"

"不是……"

修平有些失望,脱掉外套走进房间。

房子刚才大概是躺在沙发上看电视的,沙发的一端摆着一个靠垫。

"你看……"

修平把那盒蛋糕摆在了桌上。

"这是什么?"

"蛋糕啊!"

"怎么来的?"妻子像是看到了奇怪的东西一样,望着那个盒子问道。

"从那家店经过的时候买的。"

不知道为什么,修平总是不能向房子坦言自己的心情。结婚之初,把生日礼物和圣诞节礼物交给妻子的时候也是这样冷淡地往桌上一放了事。

虽然心里想说几句甜言蜜语,可是到了关键时刻总是说不出口。

不过对妻子以外的女人他就能毫不羞怯地说出口。今年春天叶子生日的时候曾经送她一条项链,那个时候他就坦然地恭维了一句"你戴起来一定很美"。

虽然在妻子面前会不自觉地摆起架子,可是当他看到妻子高兴的样子,心情自然也不会坏。

今天妻子的冷淡态度让修平颇感沮丧,他默默地走进卧室换上了睡衣。

"今天你是不是很早就离开医院了？"妻子把修平换下的衣服挂到了衣架上，同时随意地问道。

"六点的时候，染谷先生打电话来找过你。"

"有什么事吗？"

"我问过了，可是他说你不在就算了。"

"有话直说不就好了……"

如果是刚刚手术的病人病情恶化，染谷一定会叫自己回电话的，他既然什么都没说，就说明没什么大不了的事。他什么时候打电话不好，偏偏选在自己和叶子约会的时候，这时机挑得也太差劲儿了。

修平走回客厅，拿起电话，准备往医院打电话。

不过染谷医生不在，接电话的是值班的年轻医生。

"染谷好像打过电话给我，是不是有什么急事啊？"

"我没听他提起，不过可能是这次高尔夫球赛的事。因为他说过想和主任商量一下奖品要拜托哪家厂商提供。"

原来是这等无聊的小事，修平立刻挂断了电话，心情随之起了波澜。

"好累啊……"

为了掩饰内心的波动，修平坐到沙发上，读起了晚报。

电视上正在回放外国电影，音量调得很小，所以没有任何干扰。

"要喝点茶吗？"妻子收拾着桌上的报纸杂志，问道。

"好啊。"

妻子依然没有过问修平晚饭的事情，像是从一开始就认定了他已经在外面吃过饭了。事实上，修平确实和叶子吃过东西，不需要她准备晚饭，不过她那毫不担心的样子还是让人觉得不痛快。

"我有点饿了。"

"要不要吃点儿什么?"

"还有吃的吗?"

"我以为你会在外面吃的,家里只有一些荞麦面……"

"那就算了……"

修平嘴上喊饿,其实并不是特别想吃东西,不过是妻子的漠不关心让他想要借此出出气罢了。

"哎,那个你不吃吗?"

修平用下巴指了指桌上的蛋糕。

"我可以吃吗?"

那可是特意为她买回来的。

"你不是很喜欢吗?"

"真的是给我买的吗?"

"家里只有你一个人,不给你买给谁买?"

"谢谢你。"

妻子郑重地道谢之后,坐在椅子上动手解开盒子的包装。

修平因这份郑重感到了一丝拘谨,眼睛追随着妻子的动作。

妻子用纤细的手指优雅地解开了盒子上的绳子,又把剥下来的包装纸整齐地叠好。修平喜欢妻子这种一丝不苟的样子,不过她今天的一丝不苟里似乎有些讽刺的意味。

"看起来很好吃的样子,你要不要也尝尝看?"

"好啊……"

"你要吃哪一块?"

"随便哪一块都行。"

妻子纤细的手指伸进了蛋糕盒里。看到这儿,修平终于对今天的一切放下心来。

第九章　夜寒

　　也许是有人在枯野中焚烧落叶,远处有几缕浓烟随风飘向一边。初冬的太阳虽然明媚,但车窗外的风力似乎很强。往常乘火车的时候,透过车窗总能望到树叶摇曳和家家户户庭院前瞿麦盛开的景象。不过在这时速超过两百公里的新干线上,只能欣赏到远处模糊的景色。已是初冬的现在,生机勃勃的绿色已经消失殆尽,取而代之的是漫山遍野的枯黄。

　　列车已经驶过浓尾平原,开进了峡谷的洼地。

　　房子看着冬日阳光下的山脉,思索着今后几天的行程。

　　再过不到一个小时就能到达京都了。到了之后直接赶往旅馆,同先到了的摄影师泽田会合,然后两个人一起前往祇园的一家外卖餐馆。此行是为了做"京都节日菜肴"的专题采访,店里应该已经准备好了采访用的美食。

　　新年快到了,各家女性杂志争先恐后地介绍各地的节日菜肴,从这一点来说,这次的采访并没有什么新意,不过这次的制胜点是介绍一些在家里也做得来的简单菜肴。没有拜托高级饭店而是选中了外卖餐馆,也是觉得从那儿比较容易打听到烹饪的小窍门。

可是仅靠杂志上的说明就能做出京都的节日菜肴吗？把厨师长那些简单的介绍用文字表现出来可不是件容易的事。

有关烹饪的报道是妇女杂志不可或缺的重要内容。年轻记者下厨经验少,做这样的报道会比较吃力,因此主编指名要房子负责这个专题。

"京都美食的采访还是松永比较合适啊。"

主编只是考虑到松永的摄影资历深,适合这项工作。

不过房子是不能随便点头答应的。以前有过关系的两个人现在又要一起旅行,到时恐怕会被松永误认为是要重修旧好。

当然,如果房子加强戒备就不会出问题。她若能坚持为公出行的态度,就不可能再节外生枝。

不过,那只是纸上谈兵,一旦面对现实就没有信心了。

就算松永不做出格的事,但如果房子态度太过生硬,采访工作可能还是无法顺利进行。更何况房子极力避免的就是和曾经有过关系的男人一起旅行这件事。

既然已经下定决心自制,就应该慎重行事,以免遭人误解。

于是房子下定决心,向主编提出了申请。

"摄影师不用松永,找泽田怎么样？"

泽田比松永年轻十岁,最近拍了一些不错的作品。

"我想他应该可以拍一些新颖别致的照片出来。"

主编考虑了一会儿点头说道：

"你认为好的话,让他去也没什么关系……"

这次的采访旅行,还是经过了这样一段曲折之后才得以成行的。和泽田同行,房子虽然松了一口气,但心里还是感到了一丝后悔。和松永同游京都的难得的机会，就这样被自己放弃了。

虽然她跟主编提出泽田适合这项工作，不过坦白说，他能否胜任还是个未知数。

菜肴的照片看似简单，拍摄起来却相当难。虽然拍摄的是静物，但是要拍出食材的色泽和新鲜感，还是需要花费很多功夫的，要体现出菜肴的香味和温度更是难上加难了。

除了工作上的不安，房子还有一件事无法释怀。

决定这次出行京都之后，她发觉丈夫有些古怪。

自从上次争吵以来，房子以为丈夫一直自律甚严，没有跟机场见到的那个女人见过面。可是观察丈夫近来的态度，怕是那偷情的心思又在蠢蠢欲动了。

最初觉得可疑是在半个月前。那天丈夫出门的时候说了句"今晚晚点回来"之后，便慌慌张张地走掉了。

正觉得他有些反常，结果快到夜里十一点的时候，他买了蛋糕回来。

平时他绝不会自己买蛋糕。她十分纳闷，果然不出所料，又在他西服的内侧口袋里发现了旅馆的钥匙。

最近旅馆的钥匙变得十分小巧，可以随身携带，仔细一看，上面还刻着涩谷旅馆的名字以及房间的号码。丈夫不会在东京的旅馆过夜，现在回了家却带着旅馆的钥匙，这很不合常理。不动声色地观察了一番之后，她发现他虽没有喝酒却一副疲倦的样子。

看他累了让他早点休息，他却坐在沙发上一动不动地看电视，没有去睡觉的意思。不仅如此，还得意洋洋地指着蛋糕问："怎么样，好不好吃？"而且十分难得地吃了两块。

第二天早上，他说早上有手术，提前三十分钟就出了家门。

修平出门之后,房子打电话到涩谷饭店叫了钥匙上的那个房间,没有人接,不得已她又打电话到服务台,店方解释说还未办理退房手续。

房子似乎看到了丈夫慌慌张张跑去饭店的样子。

更可笑的是,房间是用早川修一的名字登记的,和丈夫的名字十分相似。到底还是不好意思写上自己的真名吧。这一点倒是有它的可爱之处,不过丈夫的老毛病又犯了,这一点是毋庸置疑的。

房子不清楚这次的对象到底是谁,不过多半是上次那个女人。都快五十岁的人了,他还是不知悔改、喜近女色吗?

"男人的性欲就像水坝,水满就要放闸,这时,女人不过是下游容纳它的河而已。"

房子曾经看到有位评论家这样写过。不过,丈夫真的是为了发泄欲望才找女人的吗?

如果单纯站在丈夫的立场上来看,这几个月来他一次也没向房子要求过,欲望得不到发泄也是情理之中的。

这段时间里,如果丈夫要求的话,房子可能也会答应。不过在机场碰到那个女人没多久的时候是提不起任何兴致的,就算答应,也要到了夏天以后,而且即便如此,也不可能轻易把那个女人从脑中抹去。简而言之,在看到那个女人之后,就算她能答应丈夫的欲求,也不能像以前一样燃起激情了。

也许丈夫也发觉了这一点,不过他的再次出轨,还是让房子大受打击。

尤其是如果丈夫是和上次那个女人重归于好的话,是不是就代表着两个人之间的感情已经很深了呢?

不过,丈夫似乎一直没有弃家而去的打算。

他虽然再度出轨,但是态度却比以前温柔了很多,偶尔还会说上几句贴心的话,前天还跑来问圣诞节想要什么礼物。是自觉愧疚打算借此赎罪吗?从表面上看来,他现在很快乐,而且充满了活力。

房子当然不会被这样的小恩小惠欺骗。如果轻易接受了,就等于默认丈夫可以在外花心了。

她并不想说什么男女平等这样冠冕堂皇的话,不过她认为那些认同丈夫在外花心借以维持家庭安定的念头是荒唐可笑的。那就如同丈夫们嚣张地说"我在外花心,你就得忍耐"一样极其不公。

这半个月以来,房子重新审视了他们的夫妻生活。

结婚之初,她认为就算夫妻吵了架,只要事后道歉,也能和好如初。她相信"夫妻越吵越恩爱",而且事实也确实如此。

可是现在两个人非但没有越来越恩爱,反而一直冷战到现在。不过让人想不通的是,两个人的关系居然也没有因此变得更坏。

这到底是怎么回事?难道是反复多次之后适应了这样的风雨?丈夫虽在偷情,房子却并不狼狈,甚至还生出"既然如此,那我也试试看"的念头。

有一段时间,房子心想丈夫如此恣意妄为,自己应该更加坚定才对。不过她现在已经没有当初的那份坚持了。

既然丈夫在外寻欢,那我也要活得自在一些,没必要一个人谨言慎行,苦守贞操。

想到这里,房子的心情轻松了起来,松永自然也回到了她的心里。

她并没有以牙还牙那么狂妄的想法,不过压抑自己,让自己愁眉苦脸也不是办法,还是豁达一些吧。

望着初冬荒芜的田野沉思漫想之际,新干线已经穿过山科隧道,到达了京都。

房子穿上短款皮大衣,右手拿着旅行包,走下台阶来到了车站前面的出租车站台。

中途经过米原时阴云绵绵,京都却是一片晴朗。在寒冷的初冬天空下,看到了那座京都塔才真正感觉到自己已经来到京都了。

房子乘上出租车前往位于四条的旅馆。今天不是假日,又是在中午,路上并不拥挤。

"如果是和他来的话……"

看着冬日普照下的京都街景,房子又想起了松永。

"工作!工作!"

房子骂了陷入伤感的自己一句,开始考虑今天的工作安排。

先到旅馆办理入住登记,然后打电话给今天要采访的餐馆,再到大厅跟泽田会合。跟餐馆订了三个小时的采访,时间上应该还是比较充裕的。

穿过拥挤的河原街,到达旅馆时是两点钟。

房子来到服务台,报上自己的名字和公司名,填好住宿卡之后,服务员交给了她一张纸片。

"有人留言给您。"

房子以为编辑部突然有急事,打开来一看,上面写着"松永先生致速见太太。"

房子赶紧走到一边看它的正文。

"我因事来到了大阪,八点回来,到时请你打电话到以下地方好吗?"

看着留言上的电话号码,房子为它的时机之巧感到惊讶。

她心里正在懊悔不是和松永一起来京都,他就递来了留言。这时机巧得就像是他已看穿了她的心思一样。

房子办好手续来到房间,又重新看了一遍留言。

"松永先生致速见太太"这行字是服务员写的,他把松永写成了其他两个同音异形的汉字,不过松永来了大阪,应该不会错的。

房子刚想去拿电话,突然意识到他现在不在,于是抱住胳膊站定在一边。

"不过确认一下留言上是不是真的是松永的号码,也没关系的吧。"

房子安慰着自己,拿起电话,按下了留言上的号码。

很快就有人接了电话,房子说出松永的名字,对方回答说他出去了。

确定松永来了大阪,房子心满意足地拿了工作必需的东西来到大厅和泽田会合。泽田是第一次来京都,有些紧张,两个小时前就到了。

"除了节日的美食,最好也拍些京都的街景,这样也许能表现出一些过节的气氛。"

房子把她在新干线上的构思说了出来,泽田似乎有些为难。

"可是要在十一月份拍出带有年味儿的照片,是不是太难了?"

"当然拍不到真正的正月景象喽。"

"那拍些鸭川和东山的风景怎么样?"

"那还不如拍一些盛开着山茶花的庭院,或者略带冬日气息的竹林,这些风景照不是能体现出变化来吗?总之,节日菜肴总要体现出正月的气氛来。"

"那我就试试看吧。"

大概是因为年轻,泽田乖乖地听从房子的安排。

"我们先拍美食照片,风景照等到明天再说吧。"

松永来大阪的事情忽然闪现在房子的脑海中,她立刻站起身来,像是要甩开想他的念头。

"你经常来京都吗?"在旅馆前叫了一辆出租车,两人并排坐定之后,泽田问了一句。

"是呀,一年能来两三次吧,不过都是为了工作。"

"听说这次工作是速见太太向主编指名要我来的,我一直希望能有机会和你合作,这次终于实现了,真是太感谢了。"

泽田生硬地低下头道谢,这让房子有些哭笑不得。

"我也一直希望能与你共事呀。"

"老实说,我很少拍美食照片,没什么信心,所以有要求请你尽管提出来。"

大约十分钟之后,车子到了祇园的外卖餐馆。

房子以前也采访过这家餐馆,和老板老板娘交情不错。

彼此寒暄了几句之后,两人便到里面的客厅架起了相机。年轻的泽田一张一张地试拍,拿给房子过目,和她商量之后,才开始正式的拍摄。

如果是和松永合作,就可以放手交给他,跟泽田就不能那么省心了。

他们用掉了预计的三个小时,工作结束的时候,已经是夜里了。拍摄的过程中稍稍尝了些菜,肚子不怎么饿,不过天是越来越冷了。

"我们找个地方吃点儿暖和的东西吧?"

把摄影器材放回旅馆之后，房子和泽田又来到了街上。

"听说甲鱼是可以驱寒的。"

"我没吃过甲鱼那种东西。"

"那我们去试试看吧！"

从花见小路的四条往上走一点儿再往东一拐，就能看到一家专卖甲鱼火锅的小店。在那里的柜台坐定之后，泽田低声问道：

"这家店你熟吗？"

"也不能说很熟，只是偶尔来。"

"我就算来过京都也不知道还有这种地方，每次都是在旅馆的餐厅吃饭。"

因为身子冷，他们叫店家把酒烫了烫，给彼此倒上酒之后，房子想起和松永第一次来这里时的情形。当时为了做秋季京都的取材，也是来这个小店喝酒的。原本带她来的人是松永，她不过是跟过来的。

"甲鱼长成那个样子吗？"

在东北长大的泽田像是第一次看到甲鱼，战战兢兢地看着厨师手里的东西。

"是要喝它的血吗？"

"加上一点儿酒就容易入口了。"

泽田专心地听着厨师的解说，房子趁机看了看手表。

八点钟了，松永应该已经回到大阪的旅馆了。

不过房子又要了两壶酒，喝到微醉才出了店门。

"谢谢你今天的款待！"

"没什么，这可不是我出钱款待的哦。"

和摄影师一起出差时，食宿的费用都由编辑出，不过归根结底那都是公司的钱。

"可是,我还是要谢谢你带我来这么好的地方!"

听到泽田感谢的话,房子不禁想带他再去其他店转转。

"要不要再去酒吧看看?"

"可以吗?"

"没关系的!"

公司不会在差旅费上找麻烦,不过还是要适可而止的。如果毫无道理地出入高级场所,自然会被主编骂。

像今天这种情况,前面一家料理店的花销已经接近报销的限度,对于多出来的部分可能就需要解释一下了。不过,如果公司不报销,自己支付也没什么关系。

房子本就不是小气的人,何况今晚的心情特别好。工作进展得很顺利,泽田是个好小伙儿,和他相处也很愉快。而且,她收到了松永的留言。

他们横穿过花见小路,走进了祇园新桥附近的酒吧。这里本是间茶馆,后来一楼改成了日式酒吧,有环形吧台和两个包厢。和泽田并排坐到吧台旁,泽田又把脸凑了过来。

"你是这儿的会员吗?"

"不是呀,怎么了?"

"可是入口写着非会员请勿入内。"

"那大概是为了避免暴力团体进来闹事的借口吧。"

泽田点了点头,好奇地朝四周看了看。

"请问您要些什么?"吧台里的服务员问道。

泽田点了加水威士忌。

"给我一杯冰的清酒。"

房子说完之后,泽田小声称赞了一句:

"真是帅气!"

"什么意思?"

"在这种地方喝冰的清酒才帅气呀!"

"清酒本来就比威士忌好喝嘛。"

"话可不能这么说!"

泽田正称赞着,老板娘从楼上的客厅走了下来。

"是速见太太来了呀!"

老板娘有着京都美人典型的瓜子脸,笑起来相当亲切。

"我今天下午来的,刚刚结束了工作。这位是摄影师泽田。"

"原来如此,欢迎您的光临!"

被老板娘如此亲切地问候,泽田慌慌张张地把双手放在吧台上,深深地低下头回礼。

"速见太太是要喝酒的吧?"

"是啊,已经点过了。"

老板娘刚向邻座走去,泽田再一次夸张地点头赞道:

"你对这儿也这么熟悉啊!"

这间酒吧是十年前和丈夫来过之后熟悉起来的,不过没必要把这解释给泽田听。

"今天和速见太太一起真是学了不少东西!"

泽田的酒量似乎很小,和他的身材极不相称。看他满脸通红的样子,房子便带他离开了酒吧,那时已经过了十点。她其实还能再喝一些,不过还是回去比较好。

"明天十点开始拍庭院的照片,我们八点在楼下的日式餐厅会合吧。"乘上出租车之后房子如此说道。

泽田听罢又一次低下了头行礼。

"今天真是太感谢你了!"

"男人不应该老是把头低下来哦。"

到旅馆服务台前,和钥匙一起,房子又收到了一张留言。

开头一行写着"松永先生致速见太太",后面只有"打来电话"这一栏做了一个"○"形标记。

房子拿着纸条,和泽田在五楼分开之后进了自己的房间。

和出去的时候一样,只有门口和窗边的灯是亮着的,房子仰面躺在了光线略暗的床上。

平时只能喝一壶酒,今天却喝下了三壶。现在连去泡个澡的力气都没有了,不过心情却很舒畅。

房子正闭着眼睛回味着醉酒的感觉,这时枕边的电话响了。

房子看了看床头柜上的时钟,已经十一点了,她拿起电话一听,是松永的声音。

"喂?你刚回来吗?去哪儿了?"

"出去喝了几杯。"

"你看到留言了吧?上面应该写着要你打电话到大阪的啊!"

松永像是有些生气了。

"你为什么不打电话来?是忘了吗?我刚才不知道打了多少通电话给你!"

并不是忘记了松永的留言,正相反,她心里始终在惦记着他。

"今晚你就待在旅馆了吧?"

"当然了!"

"那我现在就过去。"

"你现在不是在大阪吗?"

"所以才去！我大概一个小时以后到,你要等我！"松永难得这么主动。"

"好不好啊？"

"好啊！"

房子点了点头,随后叹了口气。

房子时常觉得身体里还暗藏着另一个自己,明明只有一个身体却像是有两颗心,有时坚强有时柔弱,有时原则至上有时又遵从本意。刚才那个答应了要跟松永见面的,又是哪一个自己呢？

乍一看,今晚答应跟松永见面应该是遵从了自己的本意,不过仔细一想,似乎又没那么单纯。

证据就是在松永征求她意见的时候,她很爽快就答应了。与其说是迫于他的强求,其实更像是自己送上门去了。

那种大胆的态度就像换了个人似的。

听到房子说好的那一刻,松永是怎么想的？他肯定以为房子就算答应,也会犹豫好久之后才勉强同意吧。

那么爽快的一声"好吧",一定把松永吓了一跳。

房子从水瓶里倒了一杯水,一口气喝了下去。

醉酒的时候喝上这么一杯冰水是相当惬意的。

回到旅馆的时候,房子本来打算赶紧卸妆,洗澡洗头,让自己清清爽爽地上床休息。可是松永要来的话,就不能舒舒服服地泡澡了。脱了衣服再穿上又嫌麻烦,而且头发洗了也干不了。

房子放弃了洗澡的念头,打开电视,又向服务部要了壶咖啡。

睡觉之前喝咖啡会难以入睡,不过既然松永要来,睡不着反而是件好事。

悠闲地喝着送来的咖啡,房子心里又在想着松永。

他真的是从大阪过来吗？他说用不了一个小时就可以到，是坐电车还是打车过来？不管怎样，十一点多从大阪到京都来都不是件轻松的事。

松永的话，房子仍是半信半疑。虽然他说会来，但房子总觉得他不会真的来。

松永是个含蓄的男人，不太会强迫别人，平时说话也是不紧不慢的，不过房子喜欢的就是他那股腼腆劲儿。

可是，今晚的松永像是换了一个人。

没有问过房子的意见就擅自从大阪跑过来，而且他打电话时声嘶力竭的样子也很奇怪。

现在的松永表现出了前所未有的积极，这是在之前的他身上完全没有的。上次他邀请房子去音乐会的时候也是如此强硬。

回想起来，松永是在房子开始逃避他之后才变得如此主动的。

房子越是逃避，他越是穷追不舍。这样的蛮横似乎抹杀了他的优点，不过反过来说，也让他增添了几分男子气概。

其实房子也想趁机试探一下他的那份男子气概。一个男人到底能为一个女人积极到什么地步？

这样边等边想也能稍微提提神儿。

以前只要想起松永，她的所有心思都会在他身上，别的事情完全做不下去。如果他和其他编辑出去采访了，连他做了什么事情，吃了什么东西，要去什么地方，她都会时刻挂在心上。

然而，这次松永深夜从大阪过来，房子竟然等得悠然自得。

房子能够如此从容地对待松永，大概是因为她和松永久未约会的缘故吧。在这段时间里，她让自己尝试着站在远处旁观松永，虽是情不得已，但是分开的这段时间多少还是让房子冷静了一些。

除此之外,这和丈夫再度出轨也不是没有关系。

丈夫的花心只能说是屡教不改。

不过,实际上房子并不怎么生气。

不仅是因为她已经经历过一次丈夫偷情的心碎,还因为他这次的态度简直幼稚得像个孩子。嘴上说得一本正经,却愚蠢地把钥匙偷偷塞进口袋。以为她没有发现,又买蛋糕来讨她欢心。看着这样的丈夫,房子的气都消了,反而觉得他很可怜。她甚至想对他说:"如果你实在想玩,那就玩上一阵儿好了!"

不管怎么说,看他拼命找借口掩饰过错的样子,他并非动了真情,不过是逢场作戏而已。如果他真想和那个女人在一起,大可以堂而皇之地出去约会。既然他没有这样做,就表明他并没有弃家不顾的念头。

丈夫的再次出轨虽然让房子有些遗憾,但是从那之后,他确实恢复了活力。并不是要对婚外情予以肯定,不过能看到精力充沛的丈夫也不是件坏事。

那么,既然他想玩就让他出去玩玩好了。丈夫虽然花心,却也没对现实生活产生多大影响。这样一想,房子的心情也轻松了起来。

"既然丈夫如此,那我也玩玩儿好了。"

从前,每当她和松永在一起就会觉得自己罪孽深重,心里认定自己犯了作为一个妻子不可原谅的错误。

而现在就如同雪天忽然变了晴天一样,心里的烦闷一扫而光。当然风还是冷的,不过心情已经舒畅了。

说她像变了个人似乎有些夸张,不过那深埋在她心里的芥蒂终于解开了,确实让她无比轻松。

今晚之所以能够那么爽快地答应松永的请求，也许就是因为她心态的转变吧。

刚刚过了十二点，安静的房间里电话铃声响起。

房子调低电视音量，然后拿起了床头柜上的电话。

"我现在到旅馆大厅了，你马上下来好不好？"

大概是急着赶来的缘故，松永的呼吸有些粗重。

"我打车过来的，路上遇到了点儿小事故，耽误了时间。啊！你稍微等我一下！"

可能是跟路过的服务员说了几句话，隔了一会儿，松永的声音传来：

"这家旅馆的酒吧和咖啡厅都已经打烊了，我们到外面坐坐好吗？"

房子虽然还穿着白天的衣服没有换下来，不过还是觉得现在出去太麻烦了。

"你能到房间里来吗？"

"哎？"听筒里立刻传来了松永惊讶的声音，他随后马上改口问道：

"我可以去吗？"

"没关系呀。"

房子放下听筒，走进浴室对着镜子整了整妆容。

前些天房子剪了短发，刘海依然是长长的，斜着梳向一边，不过耳朵全都露了出来，她原本担心是不是太过火了，不过由美说这发型很适合她。唇膏也改成了比以前鲜艳的红色，这样看起来似乎年轻了不少。今晚松永见到她也许会大吃一惊的，那似乎也很有意思。

房子用粉扑在略带黑眼圈的眼窝周围轻轻拍了几下,这时门铃响了。房子连忙走出浴室打开了房门,松永像风一样卷了进来。

"你真的在啊!"

"当然啦!"

房子这么痛快地把松永让进房间来,这让他有些不知所措,他朝四周看了看才放下心来低头行了个礼。

"真是对不起,这么晚了不请自来……"

松永穿着平时他最爱的黑夹克,下身是灰色的裤子。

"房间有些窄,真是不好意思。"

因为是单人间,小桌子对面只有一把椅子,让松永坐下之后,房子打开了冰箱的门。

"要喝点儿什么?"

"有威士忌吗?"

"你能行吗?"

房子拿出了一个小酒瓶,松永立刻拿过来自己打开瓶盖,直接倒进了桌子上的玻璃杯。

"你要不要也喝点儿?"

"我就不喝了。"

松永把垂到额头的头发拢了上去,猛灌了一口杯中的酒。

"我没想到你来大阪了。"

"不是什么要紧事,不过是拍些城墙照片。"

"那就是为私事来的喽?"

除了杂志社的工作,松永还打算自己出一本全国城墙的影集。

"为什么非要这个时候来呢?"

"是因为你来了京都啊！"

房子坐到了床边，这时松永继续说道：

"我是追随你过来的！"

"……"

"因为你不肯带我来采访！"

"不是那么回事啦……"

"还是年轻男子好吧？你是不是嫌我烦，讨厌我了？"

"嘘……"房子把食指抵在了唇边。

"泽田就住在对面……"

"对面听不到的！"

松永把杯中的酒一口气喝干，之后一把抓过酒瓶又倒了一杯。

"你为什么要躲着我？"

"我没有啊。"

"不！你就是在躲着我！"

松永略带倦容的脸上一双眼睛正闪烁着别样的光芒。房子从未见过他这样的神采，正失神地望着，松永把上身探了过来。

"你本来不想见我的吧？"

"不是的，我只是还需要考虑一下。"

"你这么说骗不了我！你现在一定觉得我很麻烦！"

"我怎么会让一个麻烦的人进到我房间来？"

松永闻言把酒杯放回到桌子上，像是重新思量了一番，慢慢地点着头说：

"我也没想到你会让我进来……"

松永慢慢抬起手抱住了自己的头。看着这样的松永，房子觉得他就像个大男孩儿。

"今天我一直在想着你。"

"……"

"听说你来大阪的时候,我真的很开心!"

"是真的吗?"

"这个时候没有必要骗你呀。"

"我相信你就是了!"

松永一下子站起身来抱住了房子。感受着他怀抱的力度,房子哄小孩一样把双臂环上了松永的肩头。

刚回房间的时候,月亮才刚刚爬上窗台。而现在,它已经升得老高,躺在床上已经完全看不到它的踪影了。

房子感觉月亮是在自己和松永欢爱的过程中移动的。

想到这里,房子忽然感到了羞愧,而松永一直背对着窗户,没有注意到月亮的变化。

房子越过松永的肩头,凝望着窗外的夜景。过了好一会儿,房子把上身向后退了退。

"起来吧!"

"已经到时间了吗?"

松永欠起上身,看了一眼床头柜上的时钟。

"现在才一点啊。"

房子想要起床并不是因为时间关系,而是想要离开松永的怀抱,整理自己的仪容。

"你想让我回去吗?"

"不是呀……"

听房子这么一说,松永又把上身压了过去。

房子感觉他不是在紧紧抱着自己,而是在用脸蹭她的前胸。

房子一言不发地敞开胸怀给他。年龄虽没有变化,可是松永的举止就像个孩子,刚在胸前左右轻轻蹭了蹭,又转而用唇轻啄她的乳头。

刚才,松永就是这样爱抚着房子,进入了她的身体。

然而激情退却之后,房子已经无法像刚才一样兴奋起来了。这样的爱抚虽然能带给她麻酥酥的快感,不过已经不可能让她再次燃起激情了。松永似乎也没有了再度求欢的气力。

"好啦!"

房子轻轻拍了拍松永的头,让他不要再闹了。松永知道她要逃,便又紧紧地抱住她不放。

"真是个怪人……"

已经从情事中完全清醒过来的房子,为自己的胸部感到了自卑。

机场见到的那个女人,身材不怎么高大,不过胸部倒很丰满。如果丈夫因此追求她的话,房子倒也不是不理解。

总之,论起胸部的丰满程度,房子是没有任何胜算的,可是松永却如此执着,还真是有些不可思议。

"这么小……"

"住口!"

松永似乎有些生气。大概是生气房子不应该在他投入的时候说出这么煞风景的话吧。

可是房子已经完全清醒了,虽然会扫松永的兴,但是那样的爱抚明显只是徒劳而已。

"起来吧!"房子又说了一遍。

松永隔了一会儿才发话：

"起来之后做什么？"

"冲个澡嘛。"

松永停止了手上的动作，伏在房子的胸前屏住了呼吸，是终于明白这个女人已经不可能再激情重现了吗？他的留恋一点点渗入了沉默之中。

在这安静之中，房子为自己的清醒感到惊讶。

以前被松永抱在怀里时，最先从情事中清醒过来的一般会是他。轻声说句"起来吧"，先从床上爬起来的也是他。

可是现在却是房子催促他起床，先想到要下床。两个人的关系似乎在不知不觉中发生了转变。

然而房子并没有讨厌松永。她会在深夜让他进门，接受他的求爱，足以表明她对他怀有好感。被这个为自己从大阪赶来的男人抱在怀里，听他在耳边轻轻喃着爱的絮语，都让房子无比开心。那一刻，她真正感觉到了作为一个女人的幸福。

可是，现在自己先要下床也是不争的事实。

她早早从美好中清醒过来也并不是因为担心丈夫。相反，在和松永见了面之后，丈夫的事已经被忘得一干二净了。

这一点也和以前不太一样。在这之前，和松永约会的时候，她始终会记挂着丈夫。

作为一个妻子，这是多么大逆不道的事啊！如果被丈夫知道了，他决不会善罢甘休的。不管是作为人妻还是人母，这都是极大的失职。和松永私会时越是满足，在那之后的负罪感就会越强烈。

可是现在她的心里已经没有了那时的不安。现在就算被丈夫知道了，两个人也不会大吵，而且丈夫应该也会理解的。这种大胆不知道什么时候起在她的心里生了根。

"你在想什么?"松永担心地问。

"没什么……"

房子趁机起了身。松永大概明白了,不管他再说什么也留不住房子了,于是只好松开了双手,仰面躺在床上。

房子与他擦身下了床,走进了浴室。

房子洗好澡从浴室里出来时,松永正卧在床上抽烟。

"你是不是想赶我走了?"

"我可没这个打算。"

房子用手拢了拢脑后微湿的头发,坐到了窗边的椅子上。

"那你为什么穿上了衣服?"

"不过是穿上了而已嘛。"

"那有旅馆的浴衣。"松永用下巴指了指门前的衣橱说。

"我不穿浴衣……"

"我还是回去比较好吧?"

"这是你的自由啊!"

"可是现在回去没有电车了……"

房子站起身来,把双层窗帘拉了起来。

"我能在这儿待到早上吗?"

"可是泽田就住在对面呢。"

"明天的工作几点开始?"

"我和他约好明天上午八点在楼下的餐厅会合。"

"我在那之前离开就是了。"

松永把烟揉熄在床头柜上的烟灰缸里。

"我五点走,来得及吧?"

"那么早,你起得来吗?"

"起得来!不,我不睡就是了!"

松永说完之后又问了一遍:

"你其实是想让我回去吧?"

房子打开了桌子上咖啡壶的开关。

"不是没有电车了吗?"

"但是有出租车……"

松永把话说完之后又看了一眼房子。

"我还是回去比较好吧?"

"对不起。"

房子点了点头。松永见此情景长叹了口气,慢吞吞地从床上爬了起来。

第二天早晨,房子七点起床开始化妆。她只需和泽田见面,其实没有必要特意化妆的,不过既然要出门,她就想让自己看起来精神一些。特别是昨晚松永来过,她有些睡眠不足。

虽然松永恋恋不舍,但还是在凌晨两点的时候回去了。

所幸如此,房子安安心心地睡了个好觉。不过,事后她还是有些后悔。

他好不容易赶来京都跟自己约会,实在不应该再让他深夜回去,正如松永所说,起码要让他等到有头班电车的时候再走。

当然,如果房子出言挽留,松永一定会很高兴地留下来。

可是两个人挤在一张单人床上根本就休息不好。已经是快四十岁的人了,一旦睡眠不好,皱纹马上就会现在脸上。让松永回去,除了不方便,还有就是考虑到美容的需要。

不过和松永在同一间屋子里过上一个晚上,也确实让她觉得麻烦。

睡单人床本来就很麻烦,如果两个人睡的话还要担心身体靠得太近。

两个人本是你情我愿,现在却又嫌太过亲近,这让人听起来觉得有些奇怪,不过如果两个人一起待到天亮,身体里就会渗透进松永的气息。

房子喜欢被抱在怀里,可是又不喜欢沾染上男人的气息,不知道松永能不能理解她这种微妙的感觉。从他离开时恨恨的表情看来,他肯定是没有领会到。

不过,也许会有些矛盾,昨晚只有被他抱在怀里的时候才想要留住他。

房子一边漫无边际地想着,一边化着妆。这时,电话铃响了。房子拿起听筒,原来是松永。

"你已经起来了吗?"

松永的声音有些含糊不清,他告诉房子,昨天晚上,他叫了辆出租车,将近三点才回到了旅馆。

"我很想留到天亮的,可是没有办法……"

松永还很留恋的样子。

"一会儿要和泽田出去工作了吧?"

"嗯……"

"到东京还能再见面吧?"

"是啊。"

房子点了点头,发现自己的声音过于平静了。

"不过昨天能跟你见上一面,也算没白来大阪。"

"你接下来要去哪里呢？"房子完全是答非所问。

"我打算中午到姬路去一趟,傍晚搭新干线回去。"

挂掉电话之后,房子赶紧化好了妆。等她来到楼下食堂的时候,泽田已经坐在位子上等候了。

"早上好!"

泽田明朗的笑容里,没有丝毫对房子昨夜行动起疑的迹象。

他们一边吃饭,一边商量工作安排,饭后按计划叫了辆车,来到了鸭川岸边和西芳寺附近的竹林。

现在还没有严冬时节的寒冷,空气中薄雾弥漫,反而衬托出了冬天的萧条凄美。

拍完照片之后,他们来到了京都车站,乘上新干线的时候已经是下午两点多了。

房子觉得和泽田并排坐在一起有些不自在,正好车里的人不多,等过了名古屋之后,她就坐到过道对面的位子上去了。

泽田似乎也乐得轻松,看起了报纸。

房子望着窗外无尽的荒野,很快就昏昏欲睡了。

察觉到轻轻晃动,房子睁开眼睛一看,列车已经驶过热海了。

波光粼粼的大海已经从眼前消失,穿过隧道之后,台地上连绵着一排排小房子。

不过四点而已,云已经积得很厚,天也很快黑了下来。

在那暮色之中,房子终于想起了丈夫。

昨天房子出门之前已经通知了丈夫出差京都的事情,当时他什么也没有说,只是点了点头而已。

房子本以为修平起码会问一问,没想到他完全不放在心上,继续看他的报纸。

一会儿就要回到丈夫身边了,这个想法一下子激起了房子心中对修平的想念。

默默送自己出门的丈夫正在等待着自己,房子觉得那是弥足珍贵的,她一时沉浸在这种满足感中。

后来,房子站起了身,穿过后面两节车厢,来到7号车厢的电话台,按下了丈夫医院的电话号码。一阵杂音之后,接线员接通了电话,不一会儿就传来了丈夫的声音。

"有什么事吗?"

"我现在在新干线上呢,还有二三十分钟就到东京了。"

"工作结束了吗?"

"当然喽,今晚晚饭怎么解决?"

"想在家吃,不过你来得及准备吗?"

"顺利的话六点就能到家,应该来得及的。那我做好饭等你喽?"

"好啊……"

房子没有再说话,这时丈夫问道:

"就这件事吗?"

"嗯,就这件事!"

打电话只是为了晚饭的事,这似乎让丈夫有些不可思议。房子想象着丈夫的表情,苦笑着放下了电话。

房子回到了座位,这时泽田问道:

"有急事吗?"

"没什么……"

房子也不清楚自己为什么忽然想给丈夫打电话,不过,她的心里现在十分满足。

将近五点时,新干线到达了东京车站。

"这次承蒙多方照顾,如果以后还有机会,还请多多帮忙。"

泽田虽然礼数周到,但是也有不少圆滑之处。

房子交代一下照片的事情就和泽田分开,来到了山手线的站台。在涩谷和自由之丘换了两次车,到等等力下车的时候是六点钟。房子在车站附近的商店买了金枪鱼生鱼片和鲽鱼。丈夫修平是个十足的日本料理拥护者,再加上房子今天旅途劳顿也想吃些清淡的东西,于是又买了些豆腐和青葱。

从昨天早上算起,不过离开了一天半而已,回到家的房子却有种久违的感觉。

"还好吗?"

房子不禁问出了声,家里空荡荡的,没有任何回音。

客厅的桌子上摆着丈夫用过的茶碗,烟灰缸里丢着几个烟头,厨房旁边的餐桌上还摆着早餐吃剩下的烤面包和黄油,而榨汁机里还剩了些蔬菜汁。房子捡起地板上的报纸走进卧室一看,丈夫的被子还没有叠,旁边放着脱下来的睡衣。

看样子丈夫昨晚应该是老老实实回家休息的。

当然房子并不知道他是什么时候回家的,也不知道他回家前都做了些什么,不过她现在并不想去追究。

房子换上了毛衣和裙子。把被子叠起来之后,又打开客厅的窗子通风,用吸尘器打扫了一番之后,才坐到沙发上舒了口气。

经过这么一番整理,房间终于焕然一新了。

在干净的房间里喝着茶,望着窗外的夜景,房子自然而然地想起了松永。

他说今天会去姬路,那么现在应该还没到东京。

他那身穿黑夹克、肩扛摄像机的身影浮现在房子的眼前,大概是因为回到了家里,房子竟觉得他十分遥远。

仔细想来,刚才是自昨夜和松永分别以来第一次想起他。从今早起床到和泽田出门工作,再乘新干线回东京的这段时间里,她把松永忘得一干二净。

房子有些惊讶自己的冷淡,不过这样也许会让自己的心灵纯洁起来。

为了转换一下心情,房子从沙发上站起身来,走向了厨房。

丈夫所在的医院是五点半下班,不过下班之后他好像还有很多事情要忙,所以一般会到七点多才到家。

房子把买来的鱼和蔬菜放到桌上,然后烧上开水,又把袋子里的生鱼片摆到了盘子里。在她正准备盛出鱼干汤的时候,电话铃忽然响起来。

房子穿着拖鞋急急忙忙地跑去接电话,拿起来一听,原来是由美。

"你回来了啊?"

能听到她周围有人说话的声音,看来由美现在还在公司里。

"你不是去京都出差了吗?"

"结束了,我刚到家。"

"那你现在会不会很忙?"

由美通常会深夜打电话,在这个时间打来还真是很少见。

"有什么事吗?"

"有些事想问问你,是大事哦!我家那位好像也开始了!"

"开始什么了?"

"今晚我们能不能见个面？"

"可是我正在准备晚饭……"

"这样啊……你丈夫在家吗？"

由美像是才意识到这个问题，然后就不出声了。

"他还没有回来呢。你刚才说的大事是什么？"

"在这不方便说……"

既然不方便在办公室说，看来是比较复杂的事了。

"明天再说不行吗？"

"你等一下，我再打给你！"

由美说完就挂断了电话，大概是换了个房间，隔了两三分钟又打来了电话。

"我现在在接待室里，在这儿就没关系了。"

估计这个电话会比较长，房子关掉厨房灶台的火，搬了个圆凳子坐在电话前。

"嗯，好了，你说吧。"

"我家那位最近好奇怪，好像是有女人了！"

"不会吧……"

由美的丈夫比修平小一岁，在一家广告公司工作，可能是没有小孩的缘故，他看起来非常年轻，听他和由美的对话觉得两个人就像是朋友一样。不用说海外旅行，就是去酒吧，也是两个人一起的。房子曾经非常羡慕他们。

她实在想不到这样的男人也会去偷情。

"你有证据吗？"

"当然有喽！"由美很生气的样子，不过随后又压低了声音。

"我都有点说不出口，他穿的内衣跟我买的不一样！"

"为什么啊?"

"这我也想知道呢!"

据由美说,两天前,她叫丈夫换内衣,丈夫推托说不需要不肯换下来。由美觉得奇怪,强迫他脱下来一看,发现那条内裤的牌子和从家里穿走的不一样。由美大惊失色,追问之下,丈夫说是内裤脏了,自己买了一条在厕所里换上的。

"你觉得会有这样的蠢事吗?"

"我不知道,没准儿真是这样呢……"

"那完全是骗人的!他又没有坏肚子,而且他那天喝了酒,夜里一点多才回家的!"

由美还说,最近丈夫特别注意穿戴,而且常常借口加班拖到夜里一两点才回家。

"明明做着见不得人的事,还突然买礼物给我,想要讨我欢心,净做些口是心非的事……"

的确,先不说内裤事件,其他几种行为都是偷情的男人常见的表现。

"你肯定明白的吧?那绝对是不正常的吧?"

"是啊……"

房子不自觉地附和了一句,随后慌忙改了口:

"不过,没关系的!"

"什么没关系?"

"就算他在外面有了女人,我想也不会是真心的。"

"才不是那么回事呢!那个女人连内裤都给他买好了,如果不是动了真格的,怎么会有这种事?!骗人也要适可而止啊!"

这边正忙着,还要听着牢骚挨着骂,真是受不了。

"你等我一下……"

房子回到厨房又把火点上,把鱼干汤的汤锅放到火上煮,等她再拿起电话的时候,由美已经冷静了一些。

"对不起,你刚回来就对你发这些牢骚……我现在终于明白你当时的心情了。"

由美说完之后,又像想起什么似的,补充了一句:

"不过还是不一样,你们是两个人都有情人。"

"怎么能说这种话……"

这话让房子有些手足无措,谁知由美又继续发难:

"我也想找个情人,你说好不好?"

房子不想回答,没有出声,由美又问道:

"你和松永在京都见过面吧?"

"没有……"

"你别骗我了,我已经查过他去的地方了,是大阪吧?"

被人说中了要害,房子一下子没了话,由美却感叹道:

"你们真是了不起,居然约在京都见面。"

"不是这样的……"

"你还是忘不了他吧?"

本来是要听由美发牢骚的,两个人却在不知不觉中换了立场。

"你们也动了真心了吧?"

"你等等……"

这次房子重新握了握听筒。

"我们不是特意约好的!"

"不过你们还是见了面吧?他追到京都去见你,这不是很了不起吗?"

这样说倒也没错,不过两者还是有点区别的,至少房子觉得不一样,可是在电话里又解释不清。

"感情这么深了,没关系吗?"

看来,现在必须趁这个机会把昨晚的事一五一十地告诉由美了。

"我们的关系比以前更成熟了。"房子郑重其事地说道。

"不就是更深厚了吗?"

"不是的,我也不知道能不能说成是两个人互相理解,反正就是有分寸地在一起……"

"那就是说逢场作戏了?"

"这样说也太不留情面了……反正我们就只有约会时的那点关系,除此以外再无其他。"

"你能做得那么恰如其分吗?"

不管能不能做到,房子现在只想努力去做。实际上昨晚和松永见了面以后,她就觉得两个人的关系是能停留在那个程度上的。

"先不说男人,不是说女人一旦爱上一个人就会越陷越深吗?"

房子刚认识松永的时候也有过这样的担心,不过现在的她却能以超出自己想象的冷静去看待松永。

"真能把丈夫和情人分得清清楚楚吗?"

"我不知道,不过不这样也不行呀。"

"也就是说,要让这种状态持续下去了?"

由美说完之后,轻叹道:

"你真厉害呀……"

这样的称赞就像是在骂她是个坏女人一样。

227

"不是啊,我想女人中也有偶尔偷偷情的。"

"可是,你还爱着你的丈夫不是吗?"

"话是没错,不过这和偷情是两回事啊。"

"要怎么做才能分得清楚呢?"

这个房子也不知道,不过和松永的那段短暂的空白似乎起了作用,而且得知丈夫虽然花心却也无意破坏家庭似乎也有一定的影响。

"到底怎么做才好呀?下次我去请教请教你吧……"

"你不要挖苦我了……"

"可是万一你丈夫发现了怎么办?"

"当然是尽量不让他知道喽!而且……"

"而且什么?"

"我已经不想去追究丈夫的事了。"

"是不是因为你自己也做了对不起他的事?"

"这样说也太过分了吧……"

"我知道了,就是说,虽然两个人互相怀疑,但是又互不干涉。"

"我觉得这样能行……"

说心里话,房子现在不想知道丈夫的事,他现在多半是在外有了女人,不过只要适可而止就无所谓了,而且自己也并不打算跟松永有进一步发展。

"这就是所谓成年人的智慧吗?"

房子分不清由美这句话是赞美还是讽刺。

"如果能够这样下去也不错嘛。"

"可能我这种说法有点怪,不过在外面有了喜欢的人,就不会困在家里变成黄脸婆,还能变漂亮呢。"

"你最近变漂亮了就是这个缘故吗?"

"哪有啦……"

"不过夫妻两个人都变得漂亮了,也是一举两得呢。你真不愧是我人生的前辈呀!"

"你不要取笑我了……"

"我可不是取笑你,是钦佩啊!"

由美停了一会儿,继续说道:

"下次我们搞一个夫妻双双出轨却不离婚的特刊怎么样?搜集一下没准儿发现有很多呢。"

真不愧是女性杂志的主编,这个时候居然忘了自己的麻烦,考虑起工作来了!

"我可不只是说说就算了,我有些事情也要重新考虑考虑了。"

由美正说着,门铃响了起来,于是房子把听筒贴近嘴边小声说:

"他好像回来了,我们回头再联系吧。"

"好,帮我问候你那位帅气的丈夫!"

由美又挖苦了一句,说了句"再联系"就挂断了电话。

丈夫回家的时候,一般会按了门铃等在门口。偶尔也会自己拿钥匙开门,不过那时房子会继续手中的活儿,并用带着惊讶的口吻"哎呀"一声迎接他。

就像现在,房子放下听筒的时候,丈夫已经从门口的帘子里探出了头。房子万分怀念地看着丈夫的脸。

"你回来啦!"

"嗯……"

两个人的话不多,不过房子的那句"你回来啦"还包含了"你辛苦了"的意思。

"回来得蛮早啊。"

"嗯,摄影中午就结束了。"

丈夫点了点头就走进了书房,把皮包放在书桌上,然后脱掉西装换上了便服。说是便服,其实就是在宽松的睡衣上套件睡袍而已。如果不特意叫她帮忙,房子就只管收拾收拾他换下来的衣服。

房子在厨房照看着鱼的火候,丈夫修平已经穿上睡袍来到了客厅。他照例面对着电视坐在沙发上,一边看晚报,一边抽着烟。

房子曾经劝过丈夫戒烟,可是他根本不听。听说现在的年轻医生有一大半都不抽烟,丈夫却充耳不闻照抽不误。倒也不是因为他有多顽固,他只是觉得这样洒脱才像个丈夫。

"京都怎么样?"

忽然被他一问,房子不禁回过头来一看,他还在看着报纸。

"天气还不错,不过有点冷了。"

"东京也很冷。"

"你没用电热毯吗?"

"太麻烦了……"

两个人的对话到此结束了。

生活在一起多年,夫妻之间就没什么话说了,这样既不会有什么不便,也能避免夫妻争吵。修平年轻的时候就是个沉默寡言的男人,所以房子早就习惯了这种状态。

现在回想起来,偷情败露的那个晚上绝对是个例外。房子从没见过他那么生气的样子,也没听他说过那么多话。不过那大概是丈夫一生中唯一的一次雄辩了,之后他就又恢复了沉默寡言的样子。

不过,今天的丈夫较平时来说已经能够和她轻松地搭话了。

一回来就搭话说"回来得蛮早嘛",紧接着又问到京都的情况。

房子原本以为他是想打探什么,不过看样子不像。

房子放下心来,把事先泡好的茶倒在碗里,送到丈夫面前。

"嗯……"

丈夫点了点头,用他的大手漫不经心地端起茶碗喝了一口。丈夫的手大而厚实,和松永细瘦修长的手比起来,那简直就像是劳动人民的手。以前房子说他手大的时候,丈夫解释说手术是件重体力活儿。

"还要多久才能吃饭?"

"马上就好了。"

丈夫大概是肚子饿了。这也难怪,都已经七点多了,都怪由美打了那么长的电话耽误了做饭。

"再等十分钟就好了。"

房子急忙把鱼盛到盘子里。为了让鱼看起来更好看,她拿了个白色的大盘子,还在边上摆上了柠檬薄片和姜片。

房子接下来又炸了豆腐,装了些天妇罗汤汁在小碗里,这种汤汁在商店里也能买到,不过房子试着自己做了些。往水里分别倒入等量的酱油和料酒,煮上一会儿之后再添上一些木鱼汤。这自然比较花时间,不过房子今晚就是打算事无巨细地精心准备晚饭。

"让你久等了!"

房子一说晚饭做好了,修平就迫不及待地站起身来到了餐桌旁。

"嘿,今天的晚饭真丰盛啊!"

说是丰盛,其实除了生鱼片、红烧鱼和炸豆腐之外,就只有味噌汤了。修平之所以会说丰盛，也许是领会到了房子的一番心意吧。

"昨晚弘美打过电话。"修平一边在天妇罗汤汁里加了些萝卜泥，一边说道。

"有什么事吗？"

"是考大学的事。"

女儿弘美明年就要升入高三，面临大学的入学考试了。虽然进了湘南的寄宿学校，不过还是令人担心。

"她不想考本校，想报考其他学校。"

"她又提这件事了？可是她现在的学校可以直升大学呀。"

弘美现在就读的高中被称为湘南的女子学校，可以保送学生直升本校大学。

"而且那里都是女生，大家都规规矩矩的……"

"她就是不喜欢学校里都是女生吧？"

"怎么会……"

"真好吃！"丈夫嘴里吃着炸豆腐称赞道。

"那太好了，真的好吃吗？"

"这汤汁做得很不错。"

房子很欣慰自己的努力得到了褒奖，丈夫随后又把话题转到了女儿身上。

"那小家伙大概是情窦初开了吧。"

这话题一会儿一变，房子只得拿着筷子抬头看着丈夫。

"她可能是想去男女混校吧。"

"那她打算去哪所大学？"

"K大或者R大吧，她像是自己考虑了不少。"

"可是 K 大太难考了,肯定不行的!"

"她说她会用功的。"

"可是我们特意把她送去湘南的呀……"

这座久负盛名的女子高中里聚集的都是好人家的孩子,就是考虑到它的环境好才把女儿送去读书的,如果她想报考普通大学,当初就没必要那么煞费苦心了。

"那你怎么回答她的?"

"我说如果她想做的话就试试看好了。"

"怎么能说这么不负责任的话……"

"可是她执意想去我也没办法啊。"

"那万一落榜了怎么办?"

"如果不太挑剔,还是有很多学校可以选的啊。"

"我不同意。"

"你先不要想得这么严重嘛。"

丈夫若无其事地吃着鱼,看着他那坚实的肩膀,房子意识到无论自己说什么他都听不进去了。

"我一定要再好好问问她。"

"你可不要骂她啊。"

"可是她是个女孩子啊,不管教怎么行!"

房子刚一说完,修平就捧着碗笑出了声。

"你在笑什么?"

"一碰到女儿的事,你就变保守了嘛。"

"可是这样不对吗?"

房子本想得到丈夫的赞同,他却大口地吃着饭,好像没听到似的。

晚饭后，修平休息了一会儿就去洗澡了，房子则趁这段时间收拾碗筷。

快要收拾好的时候，忽然电话铃声响起。房子拿起听筒，是由美打来的。

"今天无论如何也出不来了吗？"

"不能啊！"

房子说完之后发觉这个回答太冷淡了，于是赶紧补了一句：

"真是对不起。"

"那现在能不能说会儿话？"

"这……"

一想到她大概还会继续刚才的话题，房子就觉得有些厌烦。

"我不会提松永的事啦！"

"不是那么回事……"

现在，在房子的心里，不管是松永还是由美的丈夫都很遥远，都跟自己无关。

也许明天早上到了公司之后她又会是另一种心情，不过现在她只想享受和丈夫团圆的快乐。

"那算了，明天再谈怎么样？"

"真是对不起了，那就这么办吧。"

"好吧，帮我问候你丈夫！"

由美最后还是挖苦了一句才挂断了电话。

放下电话之后，房子赶紧走到浴室前更衣的地方。

"洗澡水冷热合适吗？"

"嗯，正好！"

丈夫的回答依然很简短。房子刚想转身去厨房，又偷偷看了一眼丈夫扔在那里的内衣。

傍晚，由美在电话里发了一通牢骚说丈夫穿了别人送的内裤，不过修平似乎不存在这个问题。想起由美的话，房子苦笑着走进卧室打开了装内衣的抽屉。

以前，房子从没有给丈夫搓过背，丈夫也从没有要求过，内衣也是除非丈夫要求才会帮他准备好，然而，今天晚上她却很想帮他这个忙。

于是，她从抽屉里拿出一套内衣裤，回到更衣的地方。

透过毛玻璃，房子看到丈夫像是把毛巾搭在了头上，还听到里面传来的五音不全的哼歌声。还是那首昭和四十年代流行的演歌，那首歌流行之后不久，修平就向房子求婚了。可是十五个年头已经过去了，丈夫还是五音不全。按女儿弘美的话说："爸爸那不是在唱歌，而是在念经。"

房子听他"念"了一会儿，隔着玻璃轻声说道：

"我把内衣放在这儿了。"

"什么？"

丈夫似乎没有明白房子的意思。

"把你要换的衣服放在这儿了。"

"哦……"

玻璃那边传来了丈夫粗声粗气的回答。

房子回到厨房接着收拾，猛然间发现冰箱里没有冰啤酒了。丈夫洗完澡肯定会要冷饮的，不知道他会要啤酒还是果汁，还是都准备一下比较好。

房子从储藏柜里拿出了啤酒，放进了冰箱的冷冻柜。

可能没办法一下子冰好,不过如果他要的话,再加上冰块就好了。

一切都收拾妥当之后,房子坐到了桌前的椅子上。

房间里暖气开得不强,不过也并不感觉冷。听天气预报说今夜开始要变天了,不过所幸还不怎么冷。

在这冬夜难得的温暖中,房子静静坐着,脑子里又不知不觉地浮现出松永的身影。

他已经从姬路回东京了吗? 以他的性格,没准儿还在京都转悠呢。想到这里,房子不禁为自己的大胆感到惊讶。

以前也有想他的时候,不过从不会像现在这样无所顾忌。

即使想他,也是一边担心被丈夫看穿心思一边偷偷地想。

可是,现在她却完全置身事外似的,没有一点儿压力。

"这是怎么回事?"

房子问自己,却连自己都找不到答案。也许只是因为松永的温柔和丈夫的可靠,都是现在的她不可缺少的。

"我是个水性杨花的女人吗?"

房子再次自问的时候,从浴室里传来了丈夫的呼唤。

"嘿,有啤酒吗?"

"有,已经准备了。"

房子说完之后,发觉自己的声音太兴奋了,于是压低声音又说了一遍。

"现在正冰着呢。"

回答的时候,房子又恢复了妻子的神色。

第十章 风花

随着新年的到来,医院里也从年底开始忙了起来。

因为天冷,自然多了不少患感冒的病人,忘年会和圣诞节聚会上那么多喝酒的机会可能也是一个缘故吧。再加上人们被年底的忙碌追赶着,事故灾害也频频发生。

修平所在的整形外科也来了很多因交通事故或者滑雪而受伤的病人。

从十二月初到圣诞节为止,修平都排满了手术,甚至在周末的时候被叫出去过一次。

不过修平还是能忙里偷闲,光是十二月就和叶子约会了三次。最后一次是在二十八号,那天在青山的一个餐馆吃过饭之后去了涩谷的旅馆。

虽然两个人的关系中断过一段时间,不过毕竟交往了两年,去旅馆也不是什么难以启齿的事。

两个人理所当然地脱下衣服,上床寻欢,然后再把衣服穿起来。在这个过程中,他们几乎没有对话,不过动作的默契足以弥补言语的不足。现在,他们都明白那些可有可无的话反不如身体的反应来得真实坦白。

激情过后,寂静来临。享受过那样的安适之后,两人再次分开。

"最近你太太没说什么吗?"

情事之后,叶子显得格外轻松。不知道她心里到底怎么想,不过表面上她绝不纠缠。现在也是很轻松地问出了一个刁钻的问题。

"我和她不会再碰面了吧?"叶子一边对着镜子梳头发,一边问道。

"那次真的是个偶然!以后再不会发生那样的事了,你放心吧!"

"你还是这么漫不经心嘛。"叶子轻轻瞪了他一眼。

不过,最近妻子确实没有怀疑他们的迹象。

"只要不找私家侦探,就不可能知道的。"

"不过女人的直觉可是很准的哦!"

关于这一点修平也有同感,但是至少这次是不用担心的。

"不会有问题的。"

"你可不要把事情看得太简单。"

"可是,上周和上上周我和你约会之后回家,她什么也没说,反而看起来心情不错的样子啊。"

那两次他都是快十二点才到家的,不过妻子声音明快地迎他进门,还给他泡了茶喝。

"她已经不关心我们的事了。"

"难不成你太太也在偷情?"

修平闻言,一下子停住正在系领带的手,这时镜子里的叶子一边往后梳着头发一边笑道:

"生气啦?"

"没……"

"我是看你太太过于通情达理了,所以提醒你一声。"

"女人通情达理就说明她有外遇吗?"

"也不是没有这种可能呀。"叶子开玩笑似的说道。

被她这么一说,修平也觉得有这种可能。最近的妻子万事包容,平静得异乎寻常。

"只是互相厌倦,所以不在乎我了吧?"

"可能吧……"

"你是不是见到她和别的男人约会了?"

"我怎么可能知道你太太的事情嘛。"

"可是,如果我是你太太,我一定会再找个男人的。"像是为了继续打击失魂落魄的修平,叶子继续说道。

"她和你可不一样。"

"你可真自信。"

"女人一旦红杏出墙不是很快就能看出来嘛,言谈举止上总会表现出来的。"

"也有不表现出来的女人呀。"

"就像你……"

"才不是呢,这一点你太太可比我高明。"

叶子说完之后就离开化妆台走进了浴室。

目送着她的背影,修平把领带整理好,穿上了西装。

叶子的话有些挑拨离间的味道,不过修平现在确实没有妻子不再偷情的证据。自那次大吵之后,妻子便老实起来,不过最近似乎又恢复了以往的活力。

前些天从京都回来的时候,她就像小女孩一样朝气蓬勃,皮肤也变得光洁润泽了。

是什么缘故让妻子光彩照人了呢?是工作又有了干劲儿,还是对丈夫有了新的认识?再不然就是又找了情人?

对修平来说,也许有些自恋,不过他宁愿相信是妻子重新发现了他的魅力。

总之,修平愿意相信妻子,而且实际上他也确实这么做的。

就算如叶子所说,妻子真的有了外遇,他也不打算像今年夏天那样追究了。

他已经吃够了上次吵架的苦头,而且就算吵也无济于事。再说,现在和妻子相处还算顺利,结婚已经十七年了,除了刚刚结婚的几年,现在恐怕是最稳定和谐的时期了。

可能是随遇而安吧,修平对现状基本上是满意的。

"你不要吓唬我了。"

"你果然很爱你太太嘛。"

如果他希望这样继续下去就是爱,他是不得不承认的,不过这爱似乎太平淡了。

"也没那么夸张吧。"

"我们走吧。"

叶子化好妆从浴室里走出来。从她那张化了浓妆的紧绷的脸上,完全看不出她刚刚在床上放浪的痕迹。

"年前没办法见面了吧?"

"是啊,比较困难……"

叶子的脸上开始现出身为人妻的表情。

"那过了年怎么样?"

医院从三十号开始放假,再加上新年公假五天,正好有一周的假期。

"我们以后还是少见面吧。"

"为什么……"修平慌张地拦在叶子面前。

"我觉得那样比较好。"

"见面吧!拜托你了!"

"你还是想跟我见面吗?"

"当然了!"

修平像个孩子似的用力点点头,叶子见状微微地笑了。

"那我们二号见吧。"

这次又像是迫不及待地迅速做了决定。

"我们姐妹几个约好了二号回娘家聚会,傍晚的时候就可以离开了。怎么样?是不是太早了?"

"倒也不是,不过……"

二号医院的同事会来家里,不过推迟到三号的话,也不是不能见面。

"如果不行就算了。"

"那就定在二号吧。"

"没问题吗?"

"我会想办法的。还有什么比一年中的第一次合欢更重要呢!"

"真讨厌啦……"

叶子心情又变好了,伸手拧了拧修平的胳膊。

"你既然说了,那二号之前就不要和你太太做爱了哦。"

"你在开玩笑吧,我和她好久没做过了。"

"那你太太不是太可怜了？"

"不会，她已经习惯了。"

"你总是这么自私，早晚会遭报应的。"

"她是我照顾家庭的战友。"

"那是你太天真了！"

修平又回头看了看房间，确定没有落下东西后就走到走廊，上了拐角处的电梯，来到一楼写着"服务台"的窗口。只要交了钥匙并付款就可以了，这期间既不用看对方的脸也不会被对方看到。

走出旅馆拐一个弯就是繁华街了，就算装作在那吃完饭或者喝完茶出来的样子也没人会知道。

叶子到了那条喧闹的大街便叫了一辆出租车。

"那我们明年见啦。新年快乐！"

说得好像要好长时间见不到面一样，其实从今天到二号还不到一个星期。

"二号五点在T旅馆大厅见！"

"知道了。"

叶子点点头，坐上出租车扬长而去。

新年放假前夕，很多人来到街上尽情地享受这一年中最后几个夜晚。修平穿过拥挤的人群来到涩谷，走进了车站前面的电话亭。

口里念着熟记于心的广濑的电话号码，修平拨动了电话拨号转盘。广濑很快就接起了电话。

"我现在在涩谷，没什么事吧？"

"有啊！"

"什么事?"

"你太太死了。"

"啊?!"

"开玩笑呢!"

怎么能说这么不吉利的话呢!修平很想大骂他一通,不过今天是拿广濑做幌子出来跟叶子约会的,偏偏没理由生他的气。

"跟你情人分开了?"广濑压低了声音,可能身边有人在吧。

"刚刚分开的。你到时候就说在新桥吃饭,然后去了银座的酒吧。"

"你用不着这么小心,你太太不会打电话来的。"

"不怕一万,就怕万一!"

"如果她真想调查,早就知道了。"

"可是,不想给她太大的打击啊。"

"这样的话,干脆别干不就得了!"

"可是这个也办不到……"

"你真愁人啊。"

广濑在电话那头叹了口气,修平听了连忙辩解:

"不过我们相处得还是很融洽的。我在外面偷情,心里觉得对不起房子,不过她也能理解我的心情,没有过分指责我。我虽然偷情,但是掌握了平衡啊。"

"说到平衡,如果你太太不出去偷情,就没办法说是平等吧?"

"道理是如此,不过……"

"你太太不会也在偷情吧?"

他居然说了和叶子一样的话,修平一下子没了声音,这时广濑又继续说道:

"不过夫妻两个人都偶尔偷偷情,又能让夫妻关系和谐,有那么好的事吗?"

"你在说我们吗?"

"你们的情况我不清楚,不过如果真有那样的夫妻,不是很让人羡慕吗?"

"有道理……"

就算是彼此深爱的夫妻,如果在一起生活太久也总会感到有些乏味。为了避免倦怠,夫妻两个人都偶尔偷偷情,这样既能保持适度的紧张感,又能把爱坚持下去,那岂不是太完美了。

"现在只能说些'夫妻间没有谎言'或者'夫妻同心'这样的漂亮话了。"

"不过,前提条件是都不要沉迷于各自的情人。"

"你们不是做到了吗?"

"怎么说?"

"你本来就没打算离婚,而且,你太太也不想跟别的男人结婚吧?"

"可是她陷进去怎么办?"

"不会的,你太太不会有问题的。她可比你聪明比你坚强。她也许能把偷情处理得很好呢。"

"喂!我太太可没有偷情啊!"

"对不起!不过就算你太太在偷情,如果她冷静对待的话,你也会原谅她吧?"

"还没有发生的事我也说不准。"

"你不是也在偷嘛,那不是扯平了嘛。"

修平还是很难接受,这时广濑又感慨地说:

"你们这样真好啊！"

"什么意思……"

"做了新试验嘛。"

"喂！你不要随便下结论！"

"失敬！失敬！不过如果真能这样,我一定会很羡慕你们的。"

修平一回头,看到身后有人在等着打电话。是一对年轻的情侣,女孩正在朝里面望着。

"我还有一件事要拜托你,二号傍晚还得请你帮忙。"

"二号还要跟情人约会吗？"

"她说无论如何都要我过去,所以……"

"你不是认真了吧？"

"当然不是！只不过是逢场作戏而已。"

"那好吧,不过一月要收特别出场费,很贵啊！"

"没门儿！"

"随你便！"

修平对着生气的广濑说了句"改天请你吃饭！"便挂断了电话。

到了这个时候,修平不想去挤慢吞吞的电车,于是到车站前打了辆车直接回家了。

修平照例拿出钥匙进了家门,看到妻子和女儿正并排站在厨房里干活儿。

"爸爸回来啦！"

女儿弘美虽然还只是高中生,声音却和妻子很像。看样子,再过十年可能就分不清两个人的声音了。

"对不起,刚才一直在准备年菜。"

仔细一看,妻子正在切萝卜,而女儿正在剥芋头。

修平为自己一个人闲游回来感到羞愧,于是上前搭话说:

"看起来挺忙嘛。"

"马上就新年了嘛。"

虽然只是一家三口,房子还是每年都会亲自下厨做些年菜。虽然只是醋拌生鱼丝、白果芋泥这样的家常菜,不过味道还是相当不错的。

平时工作一忙,修平就会想新年休假的时候去住旅馆,好好休息休息,可是每年这个时候,妻子总会兴致勃勃地准备年菜。修平还是很欣赏妻子这种不怕麻烦的个性的。

"你吃过饭了吗?"

"已经没有爸爸的饭啦!"

妻子一问,女儿马上就添了一句。最近女儿比妻子更能揶揄人。

修平苦笑着走进书房,点了一支烟。

桌子上放着白天送来的信件和杂志,其中有张讣文,是修平一个住在名古屋的同学寄来的,一个月前他的太太因为乳癌去世了。

修平忽然想到如果妻子不在了,情况会是怎么样呢?

如果妻子现在不在了,就会出现各种各样的麻烦。从做饭洗衣打扫房间,到一个人生活的孤独寂寞等等,根本就是数不胜数。

曾经跟广濑等人一起说起的时候,都觉得如果妻子不在了,生活就会立刻变得充满希望,但是一旦成为现实,可能就不会那么轻松了。实际上就有人因此失去了活下去的勇气。在这封讣文里就写着:"突然孤身一人,茫然自失。"

修平怀着对妻子产生的奇妙的感觉回到客厅,两个人已经做好了饭正在洗手。

"要去洗澡吗?"

妻子明快的声音让修平放下心来。

"不洗了。"

"新年有谁来看你?"

"可能会有两三个同事过来。"

"哥哥说他们二号从静冈过来看看……"

"二号吗?有点麻烦啊!"

各路来客像是都赶在和叶子约会的日子来了。

"有什么事吗?"

"还说不准,不过可能要跟广濑见个面。"

"他们可是特意从静冈过来的呀。"

修平的哥哥在静冈经营超市,如果他来,那妈妈自然也会跟着一起来。

"能不能改在三号?"

"哥哥说只有二号有时间。"

"那让他们晚上来呢?"

妻子没有回答,径直走进了卧室。隔了一会儿出来之后就进了浴室。

修平只好拿起晚报来看,这时女儿弘美凑过来说:

"爸爸,大学的事你帮我跟妈妈说过了吧?"

只有有求于人的时候弘美才会降低姿态。

"妈妈还在反对,爸爸能不能再帮我说一次?"

"可是你也不是非报考别的大学不可啊。"

"可是爸爸你之前不是赞成的嘛。"

247

弘美盘腿坐在了修平身边,把胳膊抱在胸前。

"看你现在的样子,我看还是去女子大学比较好。"

"这跟那没关系嘛。"

弘美不情愿地恢复了平时的坐姿,然后看着修平说道:

"爸爸,你这么晚回来可不行啊。"女儿开始反击了,"这样不好。"

"哪里不好了?"

"我放假回来以来,你还没有跟我一起吃过饭吧?"

"那是因为我一直忙着忘年会,今天也是跟广濑叔叔一起喝酒的。"

"骗人……"

忽然听她这么一说,修平慌忙转过头来看着她,弘美正一脸严肃地瞪着他。

"其实是去约会了吧?"

"约会?!"被说中了心事,修平慌忙把目光躲闪开。

"嘘……"弘美伸出食指抵在唇上。她瞄了瞄浴室,然后用探寻的目光看着修平继续说:

"爸爸,你还在和那个人交往吗?"

"哪个人……"

"就是我在机场看到的那个人。"

弘美确实在机场见过叶子。当时她什么都没说,不过那场景可能已经深深刻进她心里了。

"爸爸妈妈无论做什么我都没关系,不过,我只希望你们不要离婚。"

在修平心里还只是个高中生的女儿忽然说出这么老成的话,

让修平一下子心软了。

"你为什么认为爸爸妈妈会离婚?"

"前一段时间,我的朋友野村的爸爸妈妈忽然就离婚了,可是之前我去她家一点儿征兆都没看出来。"

"我和妈妈不会有事的。"

"我能相信吗?"

这颗幼小的心在担心吗?修平觉得愧疚,刚想道歉,这时弘美继续说道:

"在我结婚之前,你们一定要好好相处呀。"

"只要到你结婚之前就可以了?"

"因为单亲无论是对就业还是对结婚都很有影响嘛。"

女儿这精明的小算盘让修平目瞪口呆,弘美却若无其事地喝着茶。既然如此,修平觉得自己必须问个清楚才行。

"你怎么知道爸爸今天是去约会的?"

"你看,果然是约会吧!"

"不,不是……是因为你那么说,我才……"

修平慌忙改口,这时弘美不紧不慢地开了口:

"是妈妈说的啦。"

"……"

"我问妈妈你的晚饭怎么办,她说你今天出去约会所以不用准备。"

"妈妈真这么说的吗?"

"妈妈可是什么都知道哦!"

听了这话,修平偷偷瞄了一眼浴室。不知道妻子是不是还在用水,浴室里没有水声,只是一片安静。修平一边听着浴室里的动静，一边在心里寻思。

"知道我和叶子今天约会的只有广濑一个人,他是不可能跟妻子告密的,难道真的是女人的直觉？"

"妈妈是怎么知道的……"

"爸爸可不能小看妈妈,妈妈很聪明的。"

"这个我知道,可是……"

"家里的事妈妈都知道哦！尤其是爸爸的事这么简单。"

"简单吗……"

"对啊,连我都看得出来。"

"别胡说……"

"二号也是要跟今天这个人约会吧？"

"嘿！别瞎说！"

"没关系啦,我会保密的。不过爸爸可不要做出让妈妈太伤心的事哦！"

修平咳嗽了一声站起身来,走到酒柜前拿出一瓶白兰地,往酒杯里倒了一杯。

本以为自己瞒得天衣无缝,没想到其实早就露出了马脚。

修平想镇定却镇定不下来,连喝了两杯酒之后,妻子从浴室里出来了。可能是洗了澡的缘故,她的脸色相当红润,开襟的毛衣露出她胸前白嫩的肌肤。

"还没睡吗？"妻子用毛巾擦着头发走进了厨房。

"真的不洗澡了吗？"

"嗯……"

"房间里被褥已经铺好了。"

平时完全不会在意的对话,现在听起来似乎别有用意。

"明年新年放假的时候,我们一家人出去玩玩怎么样?"修平想借此来减轻自己的罪过。

"你每年做年菜也挺辛苦吧?"

"可是,妈妈和医院的同事们不是会过来玩吗?"

"只要提前跟他们说一声不就好了?"

"那我们和奶奶他们一起出去玩好了!"弘美在一旁提议道。

"二号三号的时候离开东京,这样就有充足的时间玩了。"

修平特意在说"二号三号"的时候加重了语气。

"我去睡了!"

修平站起身去了厕所,回来到书房拿了本围棋书给自己催眠用,然后走进了卧室。

房间里照例头朝窗户并排摆着两床棉被。

修平打开台灯,发现两床棉被之间还是有条缝隙。

回想起来,最初发现这条缝隙已经是一年前的事了。他本来以为是铺被褥时偶然造成的,后来才知道是妻子故意拉开的。

这条缝隙有时宽有时窄,分得最开的一次是在机场碰见叶子的那个晚上,大概有五十厘米的距离。后来这个距离一直没变,不过从夏末开始慢慢靠近了,到现在,如果是从上面往下看的话,已经看不出来了。

修平脱掉睡袍慢慢地躺进了被窝。在凉凉的床单上,修平把脚慢慢地伸向妻子的被子,先是碰到了自己的被角,然后就是那条大约十厘米的小小的缝隙。越过这条缝隙就是妻子的被窝了。

从这条缝隙出现以来,现在可能是它最狭窄的时候了。

修平把足尖轻轻点在榻榻米上,想起了弘美今天说的话。

"妈妈说爸爸去约会了。"

如果妻子知道了他和叶子约会的事,那么这条缝隙又是什么意思?是表明她完全不在乎了,还是原谅他的逢场作戏?

修平在微弱的灯光中慢慢地闭上了眼睛。

正如天气预报说的那样,从年底到新年一月的天气一直都很稳定。

修平三十号去打了高尔夫,除夕和元旦是在家里过的。

在修平儿时的记忆中,元旦那天父亲的形象是极其高大的。那天早上他会穿上带有家徽的和服,在神龛上供上圣酒,然后向佛龛合掌祈祷。全家依父亲的样子行过礼之后,再一一向父亲做新年的问候。

"新年快乐!今年也请多多关照。"

相应地,父亲也会一一慢慢地点头回礼。

小时候总是担心自己能不能流利地说好这句话,可是进了大学以后,又不禁对兴师动众的父亲反感起来了。

然而多年的习惯是可怕的,如果这样的例行仪式没有结束,就会觉得新年还没有来。

由此看来,现在速见家的新年过得简直太简单了。

先不说别的,首先就是没有神龛和佛龛。公寓里很难腾出放神龛的地方,佛龛也只有静冈哥哥家里有。既然没有供酒和参拜的地方,也就只能取消仪式了。

何况让他们一家三口穿着带有家徽的礼服互道新年贺词,也太小题大做了。

所以,在速见家就只是在元旦那天早饭前,妻子和女儿对修平说句"新年快乐"而已。修平也会回礼说"新年快乐",可是他还穿着睡衣,再加上是坐在餐桌旁的椅子上,完全没有威严的样子。

所以父权的下降也不是没有道理的。修平一直认为,为了恢复父亲权威,各家各户首先就应该摆上神龛,广濑也同意他这个观点。

不过,实际上修平和广濑都没有在家里设置神龛。他们担心这样做会被人嘲笑太老土,而且妄图用一个小小的神龛恢复父亲权威的想法也太天真了。

不过,在妻子给自己倒酒,给女儿压岁钱,听到她说"爸爸,今年也请您关照"的时候,修平还是感觉到了一丝过节的气氛。

女儿弘美下午就和朋友出去参加新年第一次的参拜活动了。修平喝了酒,懒懒地不想出门,于是元旦就待在家里看看贺卡,给还没寄的人家补写几张,然后再看看电视。

弘美说会晚点回来,于是晚饭只和妻子两个人吃了点年菜,又少喝了些酒。两个人相对无言,虽然安静,但也有些乏味,修平吃到一半的时候向妻子伸出了酒壶。

"来点儿吗?"

忽然被修平劝酒,妻子一脸惊奇,端起了酒杯。

"总觉得没什么年味儿嘛。"

以前每逢新年来临,修平总会觉得很兴奋,可是近十年以来,新年带来的兴奋感越来越淡薄了。

"你今年多大了?"

"今天可不是我的生日。"

"你就说说嘛。"

"比你小七岁嘛。"

"这么说,不就是四十一了?"

253

"讨厌啦……"

可能是喝了酒的缘故,妻子的脸颊绯红,像少女般羞涩。

"这么说来我也快五十了……"

"不过你并不遗憾不是吗?"

"嗯……"

修平刚想点头,忽然发现了妻子话里的讽刺意味,于是修平轻轻地反击了一下。

"那是因为跟你在一起啊!"

"别恭维我了。"

"这可是真心话!"

修平说得光明正大,妻子听了却害羞似的避开了视线。

回过头来看,结婚到现在这十几年的夫妻生活有起有落,尤其是去年两个人还因为发现各自偷欢的事情大吵了一架。可是,现在两个人又在元旦之夜悠然地举杯对饮。当时还以为他们的夫妻关系可能就此结束了,现在却能把它当作很遥远的往事平静地想起。是两个人都很健忘,还是应该说两个人都没有节操?抑或是两人之间的信任足以让他们都不会为此受伤?总之,两个人似乎都希望把现状维持下去。

"真是奇怪……"

"奇怪什么?"

"总觉得我们有点儿……"

"是啊。"妻子似乎也察觉到了,扑哧一声笑了。

"明天我们去神社参拜好不好?"这种太过亲密的气氛反而让修平有些不自在,于是赶紧换了个话题。

"去哪里呢?"

"附近怎么样？"

"那我们就去冰川神社吧。"

和妻子两个人出去逛逛，只要不太拥挤的地方就好了。

"那我们是傍晚出去吗？"

修平忽然想起和叶子的约会，心里咯噔了一声，随后马上故作平静地回答说：

"我已经让医院的同事推迟到三号过来了。"

"那明天晚上能和哥哥和妈妈见面的吧？"

"我会早点回来的。"

修平喝干了杯中的酒，又换了话题。

"弘美怎么回来得这么晚。"

"她说还要顺便去同学家玩玩。"

和妻子面对面本不应该紧张，可是修平却感到有些透不过气来。

修平随意吃了一些便去洗澡了，之后回来继续看他的电视。

听说元旦之夜做的梦叫做初梦，可是修平二号早上一睁眼就忘记自己梦到什么了。

"梦到富士山是吉兆！"弘美的朋友教她在睡前祈祷，结果她真的梦到了，这让她高兴得不得了。

"今年我运气会很好哦！"

一个梦就能让女儿欣喜若狂，修平觉得有些可笑，不过这也许就是所谓的年轻吧。

修平早上起晚了，早饭就用两壶酒和烩年糕对付了一下，然后一家人坐在一起看搞笑节目，后来看到一半又换成了围棋和高尔夫的节目,就这样一直到下午。

这样喝酒看电视的日子如果继续下去,只怕会变胖的,不过只剩下三天而已了。

到下午两点钟的时候,修平对妻子说道:

"我们差不多该去参拜了吧?"

"真的要去吗?"

"你真的要跟我一起出去吗?"昨天明明已经说过了,妻子却似乎还在怀疑。

"当然了,为什么这么说?"

妻子没有回答,想要拉上女儿一起去,可是弘美说她昨天参拜过了,今天就不去了。

"爸爸妈妈两个人好好地约个会吧!"

"我们只是去附近的神社啦。"

"那种地方不灵的,还是去明治神宫或者成田山比较好。"

最近弘美常常劝说他们夫妇两个人一起出去,是长大了嫌父母烦了吗?也许是表面装作不关心,实际上担心得很呢。

乘电车只要两站路,下车后再走五分钟就能到冰川神社了。

在家里的时候还以为今天阳光明媚应该很暖和,没想到一出门寒风扑面而来,风中还不时地飞舞着雪花。

修平在夹克的外面套了件大衣,妻子则穿了一件短款皮衣。

"这就是飞雪吧……"

"真是让人捉摸不透的雪啊。"

两个人并肩走在街上,修平想到自己已经很久没和妻子一起出门了。尤其这一年他怀疑妻子红杏出墙以来,更是提不起一起出门的兴致。

不过修平不清楚妻子现在是不是还在跟别的男人偷情。也许聪明的妻子正一面巧妙地掩饰着,一面偷偷地跟人约会呢。不过修平已经不打算追究了。

偷情的欲望是旁人制止不了的,如果制止就能收敛的话就没有那么多麻烦了。

心里知道不好,却还是忍不住去偷腥,这样的心境修平自己也很清楚。

总之,偷情的当事人想要止于什么程度,全凭他的自控能力。

就这一点而言,修平是相信妻子的。当然这种信任也是有根据的。

并不是因为这几个月来妻子变得特别温柔亲切,而是修平能够从妻子的态度中感觉出她对自己的信赖。虽然这么说可能有些夸张,不过他还是偶尔能从妻子的态度中感觉出来。

"下次我们去尝尝河豚吧。你还没吃过吧?"

"你要带我去吃吗?"

"向岛有一家店,虽然有点儿远,但是味道很好。"

妻子没有回答去还是不去,不过修平知道,只要有时间,她会去的。

过了前面的信号灯,就能看到神社的那座矮小而又古旧的鸟居。

修平本以为二号人会少一点儿,没想到里面人满为患,其中也不乏身穿和服的年轻女孩。

修平混在人群中挤到了拜殿,和妻子并肩站在一起。

"去年一家人平平安安地度过一年,今年也请保佑我们全家健康,无灾无祸。"

修平在心中默念着低头拜了拜。直起上身往旁边一看,妻子还在闭目祈祷。于是修平再度合掌许下心愿。

"也许有些不郑重,不过也请神明保佑我和叶子能够顺利地交往下去……"

说到这里修平叹了口气,而后继续补充说:

"再过一两年就会分手的……"

说完修平抬起了头,这时妻子也刚刚祷告完毕。

妻子忽然看向这边微微一笑,修平也只好跟着苦笑了一下。

"我们走吧。"

妻子点点头,然后两个人一起走下拜殿的台阶,这时修平看到右边摆着求签箱,周围挤满了人。

"求个签怎么样?"修平问道。

妻子听了立刻从钱包里拿钱出来。

虽然觉得这个东西靠不住,可是把手伸向箱子的时候,还是感到了紧张。

站在凋败的梅树旁边,两个人一起把求来的签打开来一看,修平是"凶",妻子是"大吉"。

"看样子,我今年的运气很不错哦!"妻子兴高采烈地说道,随后看了看修平的签,难以置信地嘟囔了一句,"怎么会是凶呢……"

修平有些惊讶,不过很快看到"等人"那一栏上写着:"若无延误,终能相见。"

"这个你不用当真的。"

听着妻子的安慰,修平把两张签并排系在了还没有长出花苞的梅树枝上,随后趁机偷偷看了看手表。离约定的时间还有一个小时,现在过去完全来得及。

他们再次混进人群里，穿过鸟居出来之后，两人碰到了红灯，再往前百米左右就是车站了。

"你打车过去吗？"

"嗯，在这就能叫到车了。"

修平一回头就看到一辆空车从前面的交叉路口开了过来。

"你坐电车回家吗？"

"嗯，中途顺便去趟自由之丘，然后回家。"

"那……"话说到一半，修平又回过头来看了看妻子。

"有什么事吗？"

"没，没什么……"

修平为自己独自去偷欢感到了羞愧，妻子却一脸明朗的表情对他说：

"请一路走好！"

"好吧……"修平点了点头，之后又急忙补充说：

"我会尽早回来的。"

"你不用着急，妈妈有我陪着呢。"

修平叫住出租车，挥着手坐了进去，而妻子也站在飞雪之中微笑着挥挥手。

"对不起……"

修平轻轻喃道，对着映在倒车镜里的妻子又挥了挥手。

图书在版编目（CIP）数据

不分手的理由 /（日）渡边淳一著；乔蕾译 . — 青岛：青岛出版社, 2018.5
ISBN 978-7-5552-6943-4

Ⅰ . ①不… Ⅱ . ①渡… ②乔… Ⅲ . ①长篇小说 – 日本 – 现代 Ⅳ . ① I313.45

中国版本图书馆 CIP 数据核字 (2018) 第 072820 号

別れぬ理由の by 渡边淳一
Copyrights：©1987 by 渡边淳一
This edition arranged through OH INTERNATIONAL CO. LTD.
Simplified Chinese edition copyrights：©2018 by Qingdao Publishing House Co., Ltd.
All rights reserved.
简体中文版通过渡边淳一继承人经由 OH INTERNATIONAL 株式会社授权出版

山东省版权局著作权合同登记号 图字：15-2017-237 号

书　　名	不分手的理由
著　　者	（日）渡边淳一
译　　者	乔　蕾
出 版 人	孟鸣飞
出版发行	青岛出版社
社　　址	青岛市海尔路 182 号（266061）
本社网址	http://www.qdpub.com
邮购电话	13335059110　(0532)68068026
策　　划	刘　咏　杨成舜
责任编辑	刘　迅
特约编辑	曹红星
封面设计	末末美书
封面插图	金金的插画
照　　排	青岛双星华信印刷有限公司
印　　刷	青岛双星华信印刷有限公司
出版日期	2018 年 5 月第 1 版　2018 年 5 月第 1 次印刷
开　　本	大 32 开（880mm×1230mm）
印　　张	8.375
字　　数	190 千
印　　数	1-13000
书　　号	ISBN 978-7-5552-6943-4
定　　价	39.00 元

编校印装质量、盗版监督服务电话　4006532017　0532-68068638
本书建议陈列类别：日本　畅销　小说